DON ÁLVARO
O LA FUERZA DEL SINO

clásicos **Castalia**

COLECCIÓN FUNDADA POR
DON ANTONIO RODRÍGUEZ-MOÑINO

DIRECTOR
DON ALONSO ZAMORA VICENTE

Colaboradores de los volúmenes publicados:

J. L. Abellán. F. Aguilar Piñal. G. Allegra. A. Amorós. F. Anderson. R. Andioc. J. Arce. I. Arellano. E. Asensio. R. Asún. J. B. Avalle-Arce. F. Ayala. G. Azam. P. L. Barcia. G. Baudot. H. E. Bergman. B. Blanco González. A. Blecua. J. M. Blecua. L. Bonet. C. Bravo-Villasante. J. M. Cacho Blecua. M.ª J. Canellada. J. L. Cano. S. Carrasco. J. Caso González. E. Catena. B. Ciplijauskaité. A. Comas. E. Correa Calderón. C. C. de Coster. D. W. Cruickshank. C. Cuevas. B. Damiani. A. B. Dellepiane. G. Demerson. A. Dérozier. J. M.ª Díez Borque. F. J. Díez de Revenga. R. Doménech. J. Dowling. A. Duque Amusco. M. Durán. P. Elia. I. Emiliozzi. H. Ettinghausen. A. R. Fernández. R. Ferreres. M. J. Flys. I.-R. Fonquerne. E. I. Fox. V. Gaos. S. García. L. García Lorenzo. M. García-Posada. G. Gómez-Ferrer Morant. A. A. Gómez Yebra. J. González-Muela. F. González Ollé. G. B. Gybbon-Monypenny. R. Jammes. E. Jareño. P. Jauralde. R. O. Jones. J. M.ª Jover Zamora. A. D. Kossoff. T. Labarta de Chaves. M.ª J. Lacarra. J. Lafforgue. C. R. Lee. I. Lerner. J. M. Lope Blanch. F. López Estrada. L. López-Grigera. L. de Luis. F. C. R. Maldonado. N. Marín. E. Marini-Palmieri. R. Marrast. F. Martínez García. M. Mayoral. D. W. McPheeters. G. Mercadier. W. Mettmann. I. Michael. M. Mihura. J. F. Montesinos. E. S. Morby. C. Monedero. H. Montes. L. A. Murillo. R. Navarro Durán. A. Nougué. G. Orduna. B. Pallares. J. Paulino. M. A. Penella. J. Pérez. M. A. Pérez Priego. J.-L. Picoche. J. H. R. Polt. A. Prieto. A. Ramoneda. J.-P. Ressot. R. Reyes. F. Rico. D. Ridruejo. E. L. Rivers. E. Rodríguez Tordera. J. Rodríguez-Luis. J. Rodríguez Puértolas. L. Romero. J. M. Rozas. E. Rubio Cremades. F. Ruiz Ramón. C. Ruiz Silva. G. Sabat de Rivers. C. Sabor de Cortazar. F. G. Salinero. J. Sanchis-Banús. R. P. Sebold. D. S. Severin. D. L. Shaw. S. Shepard. M. Smerdou Altolaguirre. G. Sobejano. N. Spadaccini. O. Steggink. G. Stiffoni. J. Testas. A. Tordera. J. C. de Torres. I. Uría Maqua. J. M.ª Valverde. D. Villanueva. S. B. Vranich. F. Weber de Kurlat. K. Whinnom. A. N. Zahareas. A. Zamora Vicente. I. de Zuleta.

DUQUE DE RIVAS

DON ÁLVARO
O LA FUERZA DEL SINO

Edición,
introducción y notas
de
DONALD L. SHAW

clásicos castalia

Madrid

Copyright © Editorial Castalia, S.A., 1986
Zurbano, 39 - 28010 Madrid - Tel. 319 58 57

Cubierta de Víctor Sanz

Impreso en España - Printed in Spain
Unigraf, S. A. Móstoles (Madrid)

I.S.B.N.: 84-7039-472-X
Depósito legal: M. 20964-1993

SUMARIO

A Mariella

INTRODUCCIÓN

BIOGRÁFICA Y CRÍTICA

EL AUTOR

Ángel de Saavedra, duque de Rivas, nació en Córdoba el 10 de marzo de 1791, segundón de una ilustre familia. Uno de sus antepasados había sido abanderado en la batalla de las Navas de Tolosa (1212) y otro había tomado parte en la batalla de Lepanto. A los doce años pierde a su padre. Hereda el título el hermano mayor, Juan Remigio, y Rivas ingresa en el Real Seminario de Nobles de Madrid, dirigido por los jesuitas. En 1806 sale del Seminario y es nombrado alférez de la Guardia del Rey. Después del 2 de mayo de 1808 recibe su bautismo de fuego en Sepúlveda en una escaramuza con los franceses, asiste a la batalla de Talavera, y en la de Ocaña recibe las famosas "once heridas mortales" (en realidad tres, una de ellas en el pecho que le afectó el pulmón). Tras una larga convalecencia, se reintegra al ejército y en 1811 se distingue en la batalla de Chiclana. Terminada la guerra de Independencia se retira a Córdoba para dedicarse a la pintura y a la poesía. Publica sus primeras poesías en 1814, año de composición de su primera pieza dramática, *Ataúlfo,* que la censura le impide estrenar. Siguen *Aliatar* (1816), *Doña Blanca de Castilla* (1817), *El Duque de Aquitania* (1818), *Malek Adhel* (1819) y *Lanuza* (1822). En 1821 es elegido diputado por Córdoba. Con su amigo Alcalá Galiano se agrega a los exaltados, quienes más tarde, cuando las Cortes

9

se trasladan a Sevilla bajo la amenaza de la invasión francesa, declaran "demente momentáneo" al rey Fernando VII. Al triunfar el absolutismo, Rivas se encuentra entre los exiliados.

Los siete primeros meses de su exilio los pasa en Londres. Luego busca el clima más agradable de Italia, deteniéndose en Gibraltar para casarse con María de la Encarnación de Cueto, hermana del futuro crítico Leopoldo Augusto. De Liorna, al negarle el permiso de residencia las autoridades papales, pasa a Malta, donde traba amistad con sir John Hookham Frere, ex-embajador y hombre de letras inglés, quien le anima a seguir familiarizándose con Shakespeare, Scott y la literatura española medieval y del Siglo de Oro (o sea, orientándose más bien hacia el romanticismo tradicionalista), pero también le recomienda Byron, lo que significa todo lo contrario. Mientras tanto, un edicto real le condena a muerte. Durante su estancia en Malta, Rivas escribe su última tragedia histórica, *Arias Gonzalo* (¿1827?), y una comedia, *Tanto vales cuanto tienes* (1828).

En la primavera de 1830, Rivas y su familia (ya tiene tres hijos) se trasladan a Francia, estableciéndose primero en Orleans y luego, con la llegada de la monarquía de julio, a París, donde viven pobremente en una sola habitación. Rivas pinta cuadros mediocres, da clases de castellano y se abstiene prudentemente de conspirar. Nace un cuarto hijo y una epidemia de cólera obliga a la familia a refugiarse en Tours. Durante los primeros años de exilio, Rivas había escrito una larga leyenda, *Florinda*, y parte del más célebre poema narrativo, *El Moro Expósito,* que ahora logra terminar. También en Tours escribe *Don Álvaro* con la idea de estrenar una versión francesa en el teatro de la Puerta de San Martín de París. En 1833 se anuncia la amnistía. Rivas está entre los excluidos, pero meses después la nueva reina doña Isabel reintegra sus derechos, honores y posesiones incluso a los ex-diputados liberales. El 9 de enero de 1834 el poeta vuelve a España después de más de diez años de ausencia. Muy poco después muere el hermano mayor y Rivas hereda el ducado y una cuantiosa fortuna. El año siguiente se estrena *Don Álvaro* en el teatro del Príncipe de Madrid.

En el Estamento de Próceres, Rivas pasa a las filas de los moderados y en 1836 la revolución de La Granja le obliga a una segunda y breve emigración. Calmadas las aguas, vuelve a Madrid, le eligen académico y le hacen primer presidente del nuevo Ateneo Literario. Comienza un período muy creativo: publica sus *Romances históricos* (1841) y escribe otras cinco obras teatrales, *Solaces de un prisionero* (1840), *La morisca de Alajuar* (1841), *El crisol de la lealtad* (1842), *El desengaño en un sueño* (1842) y *El Parador de Bailén* (1842). A principios de 1844, Rivas se ve nombrado, por su amigo y jefe político González Brabo, ministro plenipotenciario a la corte de Fernando II, rey de las Dos Sicilias, y queda en Nápoles en ejercicio de sus funciones hasta 1850. En esa época el ex-diputado exaltado y condenado a muerte, ahora senador y decano del cuerpo diplomático en Nápoles, es un hombre de opiniones conservadoras, partidario del trono y del altar y en plena evolución hacia ideas reaccionarias en literatura, que en 1856 expondrá en un prefacio a *La familia de Alvareda* de *Fernán Caballero*. Nombrado embajador en París por Narváez en 1857, dimite el año siguiente y pasa el resto de su vida apaciblemente, siendo desde 1862 director de la Academia. Muere el 22 de junio de 1865.

"DON ÁLVARO": LA EVOLUCIÓN DE LA CRÍTICA

Al examinar *Don Álvaro,* su obra maestra, como construcción literaria, y sobre todo como construcción literaria de su época, nos encontramos en la confluencia de dos líneas de discusión crítica. La primera tiene que ver con la naturaleza del romanticismo español. La segunda explora el drama mismo y su significado. La transformación de actitudes frente al problema de interpretar el romanticismo, que empezó a manifestarse con el artículo de A. del Río, "Present Trends in the Conception and

Criticism of Spanish Romanticism" (*Romanic Review*, XXXIX, 1948, pp. 229-248), se aprecia con toda claridad apenas observemos el contraste entre la crítica más reciente de *Don Álvaro* y la del período anterior.

Para facilitar la comprensión del desarrollo de las ideas respecto al romanticismo conviene revisar dos fases sucesivas. La primera comprende la crítica hasta y durante la época de E. Allison Peers, en la que se basó el estudioso inglés para preparar su monumental *History of the Romantic Movement in Spain,* Cambridge University Press, 1940 (traducción española: *Historia del movimiento romántico español,* Madrid, Gredos, 1954, tercera edición 1973). La segunda fase comprende la reacción contra la interpretación avanzada por Peers. Ya plenamente visible en el excelente trabajo de Hans Juretschke, *Origen doctrinal y génesis del romanticismo español,* Madrid, Editora Nacional, 1954, tal reacción triunfa en las páginas documentadísimas del primer capítulo de la *Historia de la literatura española,* t. IV, *El romanticismo,* de J. L. Alborg, Madrid, Gredos, 1980.

Las ideas de Peers no eran, ni mucho menos, originales. En la parte medular de su libro, el capítulo séptimo —en que intenta definir la naturaleza del romanticismo español—, reitera opiniones que aparecieron por primera vez a principios del siglo pasado en las obras de J. N. Böhl von Faber y Agustín Durán. Fueron estos dos escritores sobre todo quienes iniciaron la divulgación de los errores que han ido distorsionando la interpretación del romanticismo hasta nuestros días. Böhl y Durán (entre otros muchos) asociaban el romanticismo con el espíritu cristiano, contrapuesto al racionalismo pagano que, según Böhl, era connatural al clasicismo. Como consecuencia, Böhl sostenía que era fundamentalmente romántica toda la literatura escrita en las varias lenguas vernáculas que había surgido en Europa durante y después de la Edad Media, influida por el espíritu cristiano y caballeresco. Durán, por su parte, añadió otro elemento de confusión al intentar nacionalizar el romanticismo. Argumentaba que España era el país romántico por antonomasia, y que el teatro del Siglo de Oro, trasunto del *Volksgeist* y perfecto reflejo de sus ideales católicos y caballerescos, era arquetípicamente romántico. No hay solución de continuidad entre estas opiniones y las de Borao ("El romanticismo", *Revista Española de Ambos Mundos,* II, 1854, pp. 801-842), las de Enrique Piñeyro (*El romanticismo en España,* París, Garnier, 1904, luego traducido al inglés por Peers) y las de Peers mismo.

Pero, como he sugerido en otros trabajos,[1] fuera de los que interpretaban el romanticismo en términos de nuevas técnicas literarias y creían que lo esencial del movimiento era su rechazo de las "reglas" neoclásicas, hubo un grupo importante de críticos, que incluía a Alcalá Galiano, Pastor Díaz y, sobre todo, Larra, quienes se daban perfectamente cuenta de la imposibilidad de comprender el romanticismo basándose en el "modo de existir y pensar político y religioso de la media edad o siglos caballerescos"[2] o simplemente en cambios de técnica literaria. Los que integraban este grupo veían claramente que el romanticismo no era en absoluto característico de toda la literatura europea en lengua vulgar, sino que reflejaba una visión nueva de la condición humana. Por eso Alcalá Galiano, en el prefacio famoso a *El Moro Expósito* de Rivas, habla del "romanticismo actual" relacionándolo precisamente con el espíritu de análisis racionalista que Böhl había rechazado con tanta violencia. No nos sorprende que mencionara también la aportación de Byron y que elogiara lo que llama "la poesía metafísica". Ésta también llama la atención de Pastor Díaz en su prólogo a un libro de poesías de Zorrilla publicado en 1837 donde habla del poeta romántico que "canta o más bien llora sus infortunios, su cielo perdido, el fuego concentrado

---

[1] Véanse el tomo V de la *Historia de la literatura española* (El siglo XIX), octava edición, Ariel, Barcelona, 1983, pp. 23-27, y "Palabras y conceptos: romanesco, romántico, romancesco", en *Romanticismo y realismo,* ed. Iris Zavala, Editorial Crítica, Barcelona, 1982, pp. 27-33.

[2] "El Consabido", en *Cartas españolas,* IV, 1832, p. 373.

en su corazón, las luchas de la inteligencia y las contra-
riedades de su enigmático destino". Las ideas maduras de
Larra en su artículo "Literatura" (1836), en el que pe-
día "una literatura nueva, expresión de la sociedad nueva
que componemos", le sitúan a la cabeza del grupo.

La importancia de este tercer agrupamiento crítico
estriba en el hecho de que abre el camino a quienes hoy
rechazan la interpretación de Peers y procuran relacionar
el romanticismo con la historia de las ideas. Se trata de
reconocer que aquel romanticismo, que sobrevivió para
influir profundamente en la cosmovisión de la época actual, surgió de la crisis espiritual de finales del dieciocho
y principios del siglo pasado, que significó el derrumbamiento de las certezas y los valores absolutos de la época
anterior y que se basaba en la fe o en el racionalismo iluminista. La aparición del "profundo desconcierto espiritual"
que, según Juretschke, caracteriza a los románticos más
auténticos, contrasta radicalmente con el optimismo racional del siglo de las luces. Inaugura la edad moderna.
Las afirmaciones de Russell Sebold marcan el extremo
de la reacción contra Peers, sobre todo en su *Trayectoria
del romanticismo español,* Barcelona, Grijalbo, 1983. El
distinguido crítico norteamericano intenta hacer retroce-
der los orígenes del "desconsolado sentir romántico", a
través del "fastidio universal" de Meléndez Valdés, a la
década 1770-1780. Más adelante, volveremos a examinar
un aspecto de esta cuestión.

El hecho, señalado por Peers en la primera página de
su libro, de que tradicionalmente el triunfo del romanticismo español se identifique con el estreno de *Don Álvaro,* ha provocado que la evolución de las actitudes críticas frente al romanticismo se reflejara con gran claridad
en las cambiantes posturas críticas frente a la obra maestra de Rivas. Según demostró Azorín en su deplorable
Rivas y Larra, el estreno de *Don Álvaro* dejó desconcer-
tada a la mayor parte de la crítica y del auditorio. Prego-
nado el día anterior al estreno como "románticamente
romántico", el drama provocó reacciones muy diversas.
Mientras el crítico de *La Revista Española* lo consideraba

sorprendente y revolucionario, según *El Eco del Comercio* era "una composición más monstruosa que todas las que hemos visto hasta ahora en la escena española". En *El Artista* se pedían juicios menos acalorados. Un año más tarde, Ochoa llamaría al *Don Álvaro* en *El Artista* "tipo exacto del drama moderno, obra de estudio y de conciencia, llena de grandes bellezas y de grandes defectos, sublime, trivial, religiosa, impía, terrible personificación del siglo xix". Años después, en 1842, Pastor Díaz iba a escribir que era " [el] único drama verdaderamente romántico del moderno teatro español".

A propósito de tales juicios conviene tener presente que, aunque según *El Observador* las primeras representaciones de *Don Álvaro* provocaron una "tremebunda algazara" entre clásicos y románticos, el debate importante acerca del romanticismo tenía que ver ante todo con la moralidad. Entre fines de la década de 1830 y principios de 1850 hubo una reacción feroz de los intelectuales más o menos tradicionalistas contra lo que, según su criterio, constituía un ataque abierto por parte de los románticos a los principios sanos de la religión y la moralidad. A mediados del siglo sólo lograba hacerse aceptar aquella forma temprana del romanticismo "histórico" que, como afirma Aranguren, se protegía de la crisis de reajuste entre la antigua y la nueva forma de existencia "evadiéndose antihistóricamente a un pasado idealizado".[3] En cambio, se rechazaba a los románticos "actuales" como escritores "disolventes" cuyas obras manifestaban "inmorales y anárquicas doctrinas".[4]

Durante el resto del siglo dominaron en un gran sector de la crítica literaria pedestres consideraciones morales, el apego a las "buenas ideas" que no amenazaban la estabilidad social y la resistencia a cualquier innovación subversiva en el campo del pensamiento. "Clarín",

---

[3] J. L. Aranguren, *Moral y sociedad,* Edicusa, Madrid, 1967, p. 75.
[4] Véase D. L. Shaw, "The Anti-Romantic Reaction in Spain", *Modern Language Review,* 55, 1968, p. 608.

desde luego, supo adoptar otro tono, pero su voz quedaba aislada. Mucho más típico fue Cañete, quien, en 1881, atribuyó los infortunios de don Álvaro y de Leonor al "fatalismo del error voluntario", es decir, al "mal uso que hacen de sus pasiones en el libre ejercicio de sus facultades morales". Más interesante nos parece la opinión de Valera en *El Duque de Rivas* (1889). Nos revela a un hombre atrapado entre su aversión a la crítica moralística, que tilda de "hipócrita mojigatería", y su perfecta comprensión de los elementos subversivos en *Don Álvaro*. Incapaz por temperamento, como trasciende de toda su obra, de tomar en serio el desconsuelo espiritual de los románticos, Valera se esfuerza por minimizar el lado sombrío de la obra e insiste en "el modo optimista de contemplar el mundo" de Rivas, y en la "incontaminada y persistente belleza de los personajes". Para completar el cuadro de la incomprensión crítica basta mencionar la descripción de *Don Álvaro* en *Rivas y Larra* de Azorín (1916) como "cosa inestable, deleznable, frágil" (*Obras completas*, Madrid, Aguilar, 1961, p. 347) en la que "Decididamente vamos de absurdo en absurdo" (p. 360).

Los únicos trabajos críticos serios sobre *Don Álvaro* entre la fecha de publicación de *Rivas y Larra* y la década de los setenta son los de Peers, Casalduero y Pattison. El estudio de Peers, es decir, el cuarto capítulo de su *Rivas, A Critical Study,* tiene innegable interés. Pero la definición del tema de la obra resulta poco convincente. El "Catolicismo" y el "determinismo" que, según el crítico inglés, dominan la acción del drama, no están, como sugiere él, en una suerte de equilibrio artificioso. Eso sí daría lugar a las "contradicciones" que cree identificar. Todo lo contrario: se trata de un *conflicto* entre las dos fuerzas (es decir, entre la idea providencialista y la fuerza ciega del sino). La estructura del drama entero, como veremos, está organizada precisamente para ilustrar ese conflicto hasta que se resuelve en el desenlace. Casalduero, por su parte, a pesar de comentar con su habitual lucidez muchos aspectos del drama, no hace ningún esfuerzo por armonizar la parte inicial de su ensayo, en la que presenta el tema en términos más o menos sociales, con la conclusión, en donde introduce referencias tardías y aisladas al "conflicto típicamente romántico: el hombre entre Dios y el mundo" (*Estudios sobre el teatro español,* Madrid, Gredos, 1962, p. 257) y al "absurdo de la vida" (ibíd.). Discutiremos las opiniones de Pattison al tratar más adelante la figura de don Álvaro mismo.

A principios de los años setenta dos críticos, Ricardo Navas Ruiz y Richard Cardwell, sometieron *Don Álvaro* a un nuevo análisis y llegaron independientemente a conclusiones casi idénticas. Alborg en su libro monumental las aceptó luego como "la recta interpretación" (p. 479). También parecen haber convencido a Picoche (*ibíd.,* p. 502) y a Caldera. Navas Ruiz, aunque su ensayo lleva una fecha posterior al de Cardwell, desarrolla menos sistemáticamente sus ideas. Su punto de partida no está en una u otra interpretación del romanticismo como movimiento; se relaciona más bien con ciertas ideas modernas acerca de la tragedia. Tras un examen sumario de la crítica anterior, afirma la necesidad de "definir [*Don Álvaro*] de otra manera, como lo que realmente es" (Introducción a su edición de *Don Álvaro* y *Lanuza,* Madrid, Espasa-Calpe, 1975, p. L). Es decir, como una tragedia moderna, "con su afirmación de lo absurdo, de lo incontrolable, de lo que la inteligencia del hombre no puede reducir a comprensión" (p. LIV). "Don Álvaro", escribe, "comprende con absoluta claridad que la vida es un caos doloroso, que no está regida por ningún designio consciente" (p. LV). Dentro de este contexto el suicidio del protagonista "se yergue como la respuesta de un hombre al negro espectro del absurdo, de la futilidad de la vida" (p. LI). Otro elemento original en el ensayo de Navas Ruiz lo constituye su insistencia en la habilidad de Rivas como dramaturgo y en la importancia de reconocer el valor del drama como obra de arte. Más adelante, al analizar la estructura de *Don Álvaro,* veremos que tiene razón.

Examinadas aisladamente, las ideas de Navas Ruiz parecen desarrollar las de Valbuena Prat en su *Historia del teatro español* (Barcelona, Noguer, 1956, pp. 479-492) sin la tentativa tímida y confusa de éste al presentar el drama como todo lo contrario de católico sin ser anti-católico. Por fortuna, ya existía el hoy imprescindible artículo de Cardwell (parcialmente asequible en la compilación de Iris Zavala) que amplifica los parámetros del debate y por primera vez ofrece una interpretación totalmente convincente y coherente de la obra. El primer acierto de Cardwell fue reconocer que no es posible comprender los dramas más típicamente románticos si se los mira desde la tradición realista. Intentar leer *Don Álvaro* con tales anteojeras significa rechazarlo como Azorín y Ruiz Ramón o bien esforzarse como Pattison o Gray por encontrar alguna imperfección en don Álvaro (su orgullo o su condición de mestizo) y luego aprovecharla como explicación de todo. Tales enfoques críticos están condenados de antemano al fracaso, pues los dramas románticos más importantes son obras simbólicas y sólo revelan su significado auténtico a quienes aceptan este punto de partida.

Tema común de estos dramas es el conflicto entre el amor y el destino, con la muerte de los protagonistas como consecuencia. ¿Qué significa eso? Medio escondido por la insistencia de los críticos en la subordinación de la razón a las emociones y a la pasión, típica de la mentalidad romántica, existe el hecho de que la confianza excesiva en la fuerza de la razón figura entre las causas más evidentes de la "crisis de conciencia europea" que llevó directamente al dolorido sentir romántico. Si el racionalismo iluminista había contribuido tanto a minar la confianza en una interpretación armónica de la vida, ¿con qué se podía reemplazar? Para los románticos "históricos" la respuesta fue obvia: volver a identificarse con una edad pasada en la que la fe y los ideales estaban todavía incólumes. Para los románticos "actuales", en cambio, se trataba de ensalzar el amor humano para encubrir el vacío que había producido el derrumbamiento primero de los absolutos religiosos y luego del ideal racionalista. El amor se convierte en el gran apoyo existencial, la respuesta al "vacío microcósmico" que producía en el alma y en la mente la conciencia del "vacío macrocósmico" (Sebold, p. 24). Así se explica la adhesión desesperada al ideal del amor de un Macías, de un don Álvaro, de un Manrique; así se explica la muerte automática de los Amantes de Teruel en el drama de Hartzenbusch tan pronto como encuentran un obstáculo infranqueable para su amor. El sino, por su parte, desempeña un papel tan importante en *Macías, Don Álvaro, El Trovador* y en *Los Amantes de Teruel* que merece un tratamiento aparte.

EL SINO

Algunos críticos tempranos (p. ej., Pastor Díaz y Ferrer del Río) confundieron el sino que interviene en *Don Álvaro* con la fatalidad griega, creando así una línea de pensamiento que llega hasta *El duque de Rivas o la fuerza del sino,* de Nicolás González Ruiz (Madrid, Ediciones Aspas, 1944), e incluso sobrevive en la primera interpretación de la obra avanzada por Navas Ruiz en *El romanticismo español* (Salamanca, Anaya, 1973). Cañete opina que el sino representa el castigo que sufre el protagonista por haber dado rienda suelta a la pasión. Menéndez y Pelayo afirma que se trata de "una fatalidad no griega, sino española" (cit. Azorín, p. 407), pero no explica la distinción. Tampoco resulta excesivamente claro el pensamiento de Valera, quien llama al sino "algo exterior, de extraño al espíritu humano" (*Obras completas,* II, Madrid, Aguilar, 1949, p. 763). Peers sugiere que no hay más que una serie de coincidencias. Pattison asocia el sino exclusivamente con la reticencia de don Álvaro acerca de su origen. Casalduero y Navas Ruiz, en cambio, reconocen que aquí el sino es inseparable de lo que aquél llama "la falta de sentido de la vida" (op. cit., p. 241). Más trascendente aún, Ermanno Caldera, en su esclarecedor *Il dramma romantico in Spagna* (Universitá di Pisa, 1974), lo relaciona con el "fracaso esistenziale" como tema fundamental del romanticismo, presente en muchas otras obras (pp. 160-163).

Lo que nadie reconoce tan claramente como Cardwell ni explica tan coherentemente es que el sino en *Don Álvaro* (y en otros dramas) expresa, ante todo, la falta de fe de los románticos en la interpretación providencialista de la vida como sujeta a un designio divino benevolente. La dimensión religiosa de la obra, que la crítica enfatiza tanto, existe en realidad para crear un contraste irónico con la visión de la vida dominada por una fatalidad injusta que, al final, reduce todo a un juego de azares sin sentido. No cabe la menor duda, y así lo reconoce Cardwell, que don Álvaro vacila angustiosamente entre la visión cristiana de la vida humana y la creciente comprensión de que una serie misteriosa de sucesos arbitrarios contradice tal visión. Éstos revelan, y en el drama simbolizan, lo absurda que es la ilusión de encontrar, en el amor divino o en el humano, la clave de una interpretación armónica de la vida. "No hay, pues, una lección cristiana", escribe Navas Ruiz (*El romanticismo español*, p. 142), "sino una dramatización objetiva del poder de las fuerzas ciegas, extrañas, que de vez en cuando se apoderan del hombre y lo sumen en el abismo de la desesperación." Para lograr la cabal comprensión, tanto del desarrollo del personaje central como de la estructura de *Don Álvaro,* es imprescindible partir del postulado de que la presentación del sino en la obra forma parte de un intento de expresar simbólicamente el rechazo de la cosmovisión tradicional por parte de los románticos.

Antes de cerrar este apartado es obligado referirnos a un elemento temático que ha llamado la atención de todos los críticos: la dimensión social del argumento. Ahora bien, nadie duda de la existencia de lo que Vicente Lloréns ha llamado "el romanticismo social" (*El romanticismo,* Madrid, March/Castalia, 1979, p. 482). El que existiera dentro del romanticismo una fuerte ten-

dencia a subvertir las ideas recibidas acerca del orden
social entonces vigente se prueba por la oposición de
todo un sector de la *inteligħenzia* capitaneado por Ochoa
(Lloréns, p. 270) y Mesonero Romanos (Lloréns, p. 277).
Pero relacionar los infortunios de don Álvaro exclusivamente con lo social, haciendo hincapié en la crítica de la
nobleza venida a menos (los Calatrava), que sin duda
está implícita en la obra, o en la condición de mestizo
de don Álvaro, es comprender mal el drama. Según
apunta Cardwell, dado el contexto ideológico de *Don
Álvaro*, la injusticia social no es sino una manifestación
más de la injusticia cósmica, ya que, si hemos de creer
a Herrero,[5] la piedra angular del pensamiento anti-liberal
de la época la constituía la idea de la santidad de las
instituciones sociales. "Tales instituciones son perfectas",
explica Herrero, "pues se basan, últimamente, en la voluntad divina" (p. 250). Al observar lo anterior reconocemos que el tema, aparentemente doble, de *Don Álvaro*
(es decir: por una parte, el tema de la protesta contra
los obstáculos sociales que impiden la felicidad de los
amantes, y por otra, el del rechazo del providencialismo
ortodoxo) se convierte en un tema único. En este caso
no hay que buscar la similitud con uno u otro de los
dramas célebres románticos, sino con *El diablo mundo*
de Espronceda. En él también se atacan con saña las
restricciones y los tabúes sociales, pero, como en *Don
Álvaro*, lo que de veras se trata de demostrar (según
Marrast) es "que el mal reina en el mundo y en el corazón del hombre".[6] El "diablo" mundo de Adán es también el mundo de don Álvaro.

Abrimos un paréntesis ahora para referirnos brevemente a las opiniones de Russell Sebold. Según él, no se
debe asociar la visión del mundo presente en *Don Álvaro* y *El diablo mundo*, piedra de toque de la sensibilidad

[5] Javier Herrero, *Los orígenes del pensamiento reaccionario
español*, Edicusa, Madrid, 1971, p. 250.
[6] Robert Marrast, *"El diablo mundo* en el romanticismo español", en *Romanticismo y realismo, ut supra* nota 1, p. 171.

romántica más genuina, exclusivamente con obras de los años treinta y cuarenta del siglo pasado, porque existía ya entre 1770 y 1800. La importancia de los argumentos del distinguido crítico norteamericano (especialmente los de "El incesto, el suicidio y el primer romanticismo español"; o sea, el capítulo cuarto de su *Trayectoria del romanticismo español*), estriba en que, si los aceptamos, *Don Álvaro* ya no aparece como el drama que, en palabras de Menéndez y Pelayo, "rompe los moldes comunes" del teatro de su época y marca el triunfo del drama romántico genuino en España. Con todo el respeto debido a uno de los investigadores más autorizados en nuestro campo, tenemos que oponer ciertos reparos a sus afirmaciones. Sin discutir la cuestión de si hubo o no un "primer romanticismo" en España en el último tercio del siglo XVIII, fijémonos momentáneamente en la obra de Trigueros que, según Sebold, es ya un drama romántico. Nos apoyamos en un lúcido ensayo de C. Real Ramos [7] y, en particular, su observación: "No es extraño, por tanto, que el drama romántico, que en tantos aspectos anticipa el melodrama (importancia del azar, la Providencia —el sino— en la acumulación de obstáculos y en el desarrollo de la intriga; dicotomía bien/mal, inocencia/perversidad; primacía del sentimentalismo, del patetismo...), sea años más tarde, con la supresión del «happy end» y del consuelo, la expresión del desencanto, de la frustración, del fracaso" (p. 428). Para probar que *Cándida* de Trigueros es una obra romántica no basta demostrar, como hace Sebold, que aparecen ya en ella temas que más tarde encontraremos de nuevo en *Don Álvaro, Alfredo* o *El trovador*. Real Ramos indica otro drama todavía, *Los amantes desgraciados* (1764), traducido del francés por Manuel Bellosartes en 1791, en que ambos amantes ingresan en la Trapa, que no sólo resulta más "romántico" todavía que *Cándida,* sino que también en su conclusión parece presagiar *Don Álvaro.* Pero el

---

[7] César Real Ramos, "Prehistoria del drama romántico", *Anales de Literatura Española*, 2. 1983, 419-45.

argumento de *Los amantes desgraciados* sigue fielmente el de una novela francesa de 1735. ¿Hasta dónde se extiende el "primer romanticismo" incluso en Francia?

La cuestión fundamental es ésta: ¿debemos reconocer que emergen características románticas, en este caso en el drama, ya a finales del siglo XVIII, y postular una *intensificación* paulatina de tales características conforme avanzamos hacia 1830, o bien debemos sugerir que en cierto punto se advierte un salto de suficiente importancia como para significar el fin del prerromanticismo y el comienzo del romanticismo auténtico? Tradicionalmente se ha identificado ese salto con el estreno de *Don Álvaro* (junto con el de *Alfredo* de Pacheco) en 1835. Nosotros seguimos la tradición. Si tiene razón Sebold, según sus propias palabras, en el "segundo" romanticismo (del siglo XIX) "sólo se exageró la ornamentación romántica de tipo externo, sin que su visión del mundo variase por ello de la del romanticismo setecentista" (*Trayectoria*, p. 127). Pero en el teatro existe una diferencia importantísima entre *Don Álvaro* y *Alfredo*, por una parte, y otros melodramas, comedias lacrimosas o refundiciones por otra, si bien éstos manifiestan ciertas características románticas. Como Caldera y Real Ramos han demostrado, fue fundamental a las piezas dramáticas anteriores su apoyo a la moralidad convencional. Es decir, mientras el mal (el incesto, el suicidio, etc., de Sebold) predomina en la temática y se explota cada vez más, se manifiesta al fin y al cabo mediante "infortunios y desastres que revelan la acción de la providencia" (Real Ramos, p. 427). Como consecuencia, lleva directamente al *happy ending*, en el que la virtud y la fidelidad obtienen su premio y se castigan las malas acciones. Así sucede, en efecto, en *Cándida*: lo que revela clarísimamente la diferencia entre la visión del mundo de los románticos verdaderos y la de sus antecesores. Por eso Caldera insiste en las "divergenze di fondo" entre los teóricos tempranos (Böhl, el Lista de los años veinte, Durán) y Alcalá Galiano y Donoso Cortés más tarde (*Il dramma romantico*, p. 97). Paralelamente, Real Ramos

se refiere a una "profunda transformación de las menta-
lidades" ("Prehistoria", p. 432) en torno a los años treinta del siglo pasado. Don Amato, en el drama de Trigueros, habla de suicidarse; don Álvaro, el paje en *Alfredo*,
Leonor en *El trovador* y otros numerosos personajes del
teatro romántico se matan de veras. Mientras Cándida
y Amato sobreviven a sus infortunios, los personajes
principales del teatro romántico mueren trágicamente.
Ahí está la diferencia, pues, como afirma Casalduero en
otro contexto, "el cadáver romántico es un testimonio
de la falta de sentido de la vida".[8]

Don Álvaro

La misma divergencia de opiniones que caracteriza la
discusión crítica de *Don Álvaro* vuelve a manifestarse
en lo que se refiere al protagonista. Existen al menos
cuatro enfoques distintos. El más tradicional presenta a
don Álvaro como una figura esencialmente cristiana per-
seguida por una serie de infortunios trágicos. Surgen dos
interrogaciones. Primero: ¿cómo se explican los infortunios?, y segundo: ¿cómo cabe reconciliar el suicidio de
don Álvaro con sus convicciones religiosas? Se ha inten-
tado responder a estas interrogaciones de varios modos.
Lo menos convincente, como ya vimos, es convertir el
sino en el *azar* y atribuir los sufrimientos de don Álvaro
a la simple casualidad. Los sucesos trágicos se suceden
en la obra demasiado sistemáticamente. Resulta quizás
más aceptable para algunos lectores la explicación moral
avanzada por Cañete y más recientemente por Gray. Según ésta, la infelicidad de don Álvaro se debe a sus
pasiones desenfrenadas. O bien se trata de su orgullo,
que le impide revelar su alto linaje y le impulsa a hacerse
aceptar exclusivamente por sus méritos personales. Todavía más convincente es la explicación en términos so-

---

[8] Joaquín Casalduero, *Forma y visión de El diablo mundo de
Espronceda,* Ínsula, Madrid, 1951, p. 29.

ciales propugnada, hasta cierto punto, por Casalduero y Sedwick: a don Álvaro le persiguen no la fatalidad sino los prejuicios sociales de los Calatrava, exasperados por su pobreza y su concepto del pundonor. Aporta una variante de la explicación social el lúcido artículo de Pattison, quien arguye que basta para comprender a don Álvaro tener en cuenta el hecho de que sea un mestizo. El error trágico del protagonista, según Pattison, lo constituye su deseo de verse aceptado por la aristocracia sevillana y casarse con la hija de una de las familias más conservadoras. En el fondo de su mente se da cuenta de la imposibilidad de lograr su intento y comprende que su pasión le llevará inexorablemente a la muerte. Don Álvaro rechaza tres veces la oportunidad de revelar su secreto y, por añadidura, no cumple el deber filial de hacer liberar a sus padres de la cárcel porque no quiere publicar sus orígenes. Paralelamente, fragua una interpretación personal y subjetiva de las consecuencias de su posición de mestizo desconocido, culpando al destino. Casalduero rechaza explícitamente la opinión de Pattison; Alborg la acepta sin más. Nosotros la consideramos una posible pero no probable explicación del drama, dada la época y el lugar en que se escribió. El que don Álvaro sea un mestizo no significa sino otro obstáculo que el destino pone en su camino. Hay que tener presente que la adversidad del sino empieza a manifestarse mucho antes de que don Álvaro mate al marqués. Nacido para gozar de lujos y riquezas, ve la luz en una cárcel; de sangre nobilísima, es, sin embargo, un mestizo. La ironía de sus orígenes revela la actuación de la fatalidad tanto como otros elementos del drama; no hay por qué convertirla en el asunto central.

Con todo, fue Pattison quien por primera vez subrayó la coherencia de la personalidad de don Álvaro. Al compararle con otros héroes románticos, afirma el crítico norteamericano, reconocemos que sus motivaciones resultan extraordinariamente convincentes. Tal conclusión contradice la de Peers, que sugiere cierta inconsistencia en las motivaciones y en las acciones de don Álvaro, y también la de Azorín, para quien don Álvaro es un ente absurdo. Lo realmente problemático es, desde luego, el suicidio final. La piedra de toque en toda discusión de *Don Álvaro* está en la interpretación de la última escena. Peers, indicando que los monjes invocan la misericordia divina, insiste en rechazar toda interpretación "pagana" y concluye que el drama termina con una grave contradicción. Boussagol considera "singular" el suicidio de don Álvaro. Lloréns afirma, sin aportar ningún argumento, que "el antirreligioso final de *Don Álvaro* no obedece a ninguna convicción del personaje acerca de la vida humana" (*El romanticismo,* p. 156). Marrast, por su parte, escribe: "El comportamiento de don Álvaro no tiene ninguna justificación metafísica o moral, ni en sus fases sucesivas verosimilitud psicológica ni lógica interna" (cit. Alborg, *El romanticismo,* p. 492). Uno se pregunta por qué, entonces, sigue despertando tanto interés crítico.

Así como no es posible comprender la importancia de la fatalidad en *Don Álvaro* hasta que, con Caldera, la situamos en el contexto de otros importantes dramas románticos, también es imposible comprender el suicidio de don Álvaro sin tener en cuenta otros en el teatro de la época. Martínez de la Rosa, escritor de transición evita unir directamente el amor y la muerte en *La conjuración de Venecia,* donde Rugiero es ejecutado por el Consejo de los Diez por razones políticas y las dos partes del tema están meramente yuxtapuestas. Larra da un gran paso hacia adelante: a Macías le matan y Elvira se suicida. En *Don Álvaro* la fórmula es a la inversa, mientras que en *El trovador* de García Gutiérrez tanto el héroe como la heroína provocan su propia muerte. En todo caso, la única salida es la muerte. La pérdida del amor no permite otra solución, pues concebir otra significaría aceptar una ley superior a la del amor humano. El suicidio de don Álvaro no obedece a un impulso ciego. Tanto en el soliloquio de la jornada tercera como en la primera escena de la cuarta nos dice que va buscando la muerte. Sólo cuando el destino le niega irónicamente la posibilidad de morir peleando y, por añadidura, le obliga a matar al hermano de Leonor, tras haber matado al padre, busca un asilo en el convento. Cuando este último refugio se revela incapaz de protegerle contra la fatalidad, se mata. La fuerza del sino no le ha dejado más opciones.

Tras repasar las explicaciones del personaje y de la situación de don Álvaro basadas en el pecado, en lo social y en lo racial, es obligado mencionar también brevemente el enfoque mítico de Knowlton y de Gray. Aquél cataloga las varias referencias en el texto que asocian a don Álvaro con el sol y concluye que en *Don Álvaro* se renueva el mito de Fetonte. Gray, en cambio, identifica la caída de don Álvaro desde el risco, en la última escena, con la caída de Luzbel y señala, por tanto, el orgullo satánico como la clave del carácter del protagonista. Nosotros opinamos que en don Álvaro encontramos un arquetipo pero no una figura mítica. Mitificar es deshumanizar, y don Álvaro es, ante todo, un representante de la humanidad. Al nacer, ingresa como mestizo en la ambigüedad de la condición humana; su vida está sujeta a una fatalidad adversa e irónica; el consuelo del amor, tanto divino como humano, se revela ilusorio. Sin embargo, importa subrayar en el artículo de Gray lo siguiente: mientras las referencias al sol predominan en las cuatro jornadas primeras, en la última dominan las alusiones al infierno. Es decir, incluso en el lenguaje figurado del texto se refleja la evolución del tema: primero la esperanza, luego la desesperación.

LEONOR: LENGUAJE, SIMBOLISMO, FUNCIÓN

Si echamos una ojeada al papel de la mujer en la literatura del siglo XIX, vemos que en el centro de la cuestión está su sexualidad: minimizada en el período romántico, convencionalizada y puesta en relación con el matrimonio más que con el amor en la novela realista burguesa y, luego, fuertemente erotizada por los modernistas. Leonor se adapta al tipo de heroína romántica, idealizada y descarnalizada hasta convertirse en la "mujer que

nada dice a los sentidos" de Espronceda. Si es verdad
lo que vamos sugiriendo (o sea: que los románticos procuran ensalzar y espiritualizar el amor humano para que
supla la ausencia del amor divino como el gran principio
armónico que rige el mundo), se sigue que los atributos
de santidad, pureza angelical, consolación, etc., dejan de
ser meros convencionalismos y asumen un significado
especial para los escritores de la época. "Hágate santa
el cielo" son, casi, las primeras palabras del marqués de
Calatrava a su hija. "Ángel consolador del alma mía"
son las que le dirige a ella don Álvaro. Más tarde, com-
prendemos que se encontraron en una iglesia. La función del lenguaje aquí es la de identificar a Leonor con
el principio del amor concebido como fuente de consolación espiritual y como refugio que protege de la adversidad vital: este es el papel simbólico de la mujer en la
literatura romántica.

A los no convencidos del enfoque simbólico les hace-
mos la siguiente pregunta: ¿por qué abraza también Leonor la vida religiosa y, al final, como premio de años de
mortificación, sufre la muerte violenta a manos de su
hermano? Una vez más, la situación en la que los amantes pasan cuatro años a dos pasos uno de otro y vuelven
a encontrarse sólo cuando don Alfonso mata a Leonor,
es demasiado inverosímil para no ser simbólica. Es desde
luego natural que Leonor abrace la vida religiosa, pero
no que viva cerca de un monasterio (y el mismo que
alberga a don Álvaro) disfrazada de ermitaño y que salga
de su refugio sólo para sufrir la venganza de su hermano.

Una vez que Leonor ha cumplido su primera función
dramática, revelar a don Álvaro que su amor por ella no
hará sino intensificar su sufrimiento, asume otra: la de
reforzar el impacto de la jornada última. Al contrario de
la heroína homónima de *El trovador,* que se vuelve de
espaldas deliberadamente al amor divino y deja el convento para seguir a su amante humano, Leonor, en la
jornada segunda, literalmente abraza la cruz. Está ape-
lando a Dios, como hará don Álvaro más tarde. Ella
también descubrirá que el sino es más fuerte que la pro-

videncia. Al final de *El trovador* la muerte de los amantes es patética; en *Don Álvaro* es irónica.

Puesta en relación con el desenlace, toda la jornada segunda está llena de ironía. Casi toda la ironía de *Don Álvaro* tiene que ver con la religión, desde las palabras del protagonista en la jornada primera, escena siete: "Protege nuestro amor el santo cielo" y "Dios nos bendecirá desde su esfera". No es casual que sea el canónigo quien, tras justificarse con la frase "Tal vez podemos evitar una desgracia", se escabulla del aguaducho para precipitar la primera catástrofe. En la jornada segunda, Leonor proclama que "la voz del cielo" la llamó a Hornachuelos y no a otro lugar. Las seis últimas escenas de la segunda jornada describen con insistencia el convento en términos de "amparo/protección", "socorro/auxilio", "refugio/asilo/abrigo/escudo", "lugar de gracia y consuelo". En el último verso mismo de la jornada, el P. Guardián exhorta a Leonor que confíe en la misericordia divina. Veamos el resultado. Este sitio, donde se supone que la voz de Dios ha encaminado a Leonor, y en que ella espera encontrar protección y serenidad, es de hecho el lugar en que ella asistirá a la muerte de su segunda jornada es de importancia crítica para estableantes de expirar, la matará brutalmente. Tal es la misericordia prometida por el P. Guardián. Según indicaremos abajo al examinar la estructura de *Don Álvaro*, la segunda jornada es de importancia crítica para establecer el significado verdadero de la obra. Sólo se logra comprender una parte importante de aquel significado al comparar la esperanza y la promesa de las escenas delante del convento en la segunda jornada con el desenlace.

EL MONASTERIO/CONVENTO Y LA CÁRCEL COMO SÍMBOLOS ROMÁNTICOS

Casalduero indica acertadamente que los escenarios de *Don Álvaro* muchas veces tienen una función simbólica.

Hace hincapié en la preponderancia de escenas que se desarrollan durante la tarde avanzada o la noche y en el papel de los escenarios naturales. De don Álvaro en la jornada tercera, escena tercera, y en la jornada quinta, escena decimoprimera, escribe: "La oscuridad de la selva es la de su alma, la tempestad es la de su vida". De Leonor, en la jornada segunda, afirma: "La noche de luna, las cumbres, los abismos, las peñas, el desierto son el dolor de Leonor, y la desdicha del amante da al paisaje su verdadera dimensión" (*Estudios,* p. 223).

Pero los símbolos fundamentales son el convento y la cárcel. Hemos visto ya que hubo una rama tradicionalista del movimiento romántico orientada hacia los viejos valores religiosos y hacia el pasado y otra innovadora integrada por escritores que anuncian la edad moderna con sus incertidumbres y sus dudas. El convento y la cárcel simbolizan casi perfectamente las dos tendencias. Tanto en *Don Álvaro* como en *El trovador* o *Don Juan Tenorio,* el monasterio/convento no ofrece un refugio contra la pasión, sea vengativa, amorosa o simplemente carnal. En los dos primeros casos el simbolismo es por demás explícito, si bien el tradicionalista Zorrilla logra más tarde reconducir la situación a la ortodoxia en su drama. El simbolismo del convento reaparece, vale la pena apuntarlo, en la generación del 98 (*La voluntad* de Azorín y *Camino de perfección* de Baroja, p. ej.) con idéntico significado.

Mucho más se ha escrito acerca de la cárcel, que aparece muy claramente en el célebre soliloquio de don Álvaro, como símbolo romántico. Se repite en la jornada cuarta cuando el protagonista se encuentra (como tantos héroes románticos) literalmente encarcelado y se evade (otra ironía) sólo para encontrar un castigo infinitamente más horroroso a Hornachuelos. En la famosa oda de Wordsworth a la inmortalidad o en *El diablo mundo* de Espronceda la fórmula es la misma: la vida es una cárcel, el amor aparenta ofrecer una salida, pero luego se revela como una ilusión que intensifica el sufrimiento del encarcelado. El uso de las imágenes del convento y de la cárcel en *Don Álvaro* cumple la función de ofrecer un comentario simbólico a la acción.

ELEMENTOS TRÁGICOS

Una pregunta que se hace rara vez a propósito de los dramas románticos más conocidos es si cabe considerarlos como tragedias y hasta qué punto. Valera no tuvo dudas acerca de *Don Álvaro*; insiste en que cumple todos los requisitos aristotélicos. Más recientemente escribe Navas Ruiz: "*Don Álvaro* es una tragedia porque de él se desprende una visión trágica de la vida... Emil Steiger afirma que lo trágico pertenece a la metafísica más que a la dramaturgia y consiste en la negación de una imagen del mundo" (Introducción, p. LII). La imagen del mundo que se niega en *Don Álvaro* es la de un mundo regido por la providencia. La observación de Peers en el sentido de que Rivas procuró, sin éxito, dar a *Don Álvaro* algo de la dignidad de una tragedia (*Rivas*, p. 397), revela otra vez su incapacidad de comprender la obra. Es precisamente haber expresado lo que intenta definir toda descripción moderna de la tragedia por lo que aparece *Don Álvaro,* al lado de *El diablo mundo* de Espronceda, como una de las dos obras señeras del romanticismo español.

Así pues, en don Álvaro como personaje dramático se desarrolla una evolución trágica de conciencia. En la jornada primera, experimenta la *peripecia* clásica, en que el sufrimiento sustituye a la felicidad. Desde ese momento avanza hacia la *anagnórisis,* la plena conciencia de la malignidad del destino humano. Lo más interesante aquí, técnicamente hablando, es la proximidad de la anagnórisis al inicial cambio de fortuna. Don Álvaro deja la escena al final de la primera jornada tras haber causado involuntariamente la muerte del marqués. No vuelve a aparecer hasta la jornada tercera, escena tercera, en la que, en su célebre monólogo, define la cosmovisión angustiada de los románticos genuinos. Lo importante no es discutir si tal pesimismo resulta justificado. Lo que hay que preguntarse es por qué Rivas sitúa el momento de visión no al final de la obra, como sería normal, sino en el centro, y lo conecta, no con el suceso más reciente, sino con la muerte del marqués. El plan de Rivas no es que don Álvaro alcance poco a poco la visión trágica de la vida, sino que, habiéndola alcanzado ya, la confirme dos veces más. El monólogo nos indica específicamente que el amor de una mujer no aporta ninguna solución. El episodio central de la obra, el encuentro con don Carlos, simboliza el hecho de que el lazo de amistad con otro hombre, por más fuerte que sea (los dos se han salvado mutuamente la vida), no le protege contra la fatalidad. Es la realización por parte de don Álvaro de que ni la mujer ni el hombre, su semejante, pueden salvarle, lo que le hace volverse a Dios. Es la última prueba: si fracasa, todo fracasa; no queda nada que dé significado a la vida. Al final de la evolución de don Álvaro permanece la pregunta: ¿cuál de las dos fuerzas, la providencia o la fatalidad, rige nuestra vida? La anagnórisis de don Álvaro ha sido adelantada precisamente para que tal pregunta se haga y reciba su respuesta en el momento culminante del drama.

Hay, sin embargo, un reparo que es forzoso expresar. La tragedia, como escribió Racine en el prefacio de *Bérénice,* no necesita sangrientas muertes para lograr su "tristeza majestuosa". Las mejores tragedias revelan la lucha de dos fuerzas igualmente justificadas: el amor que entra en conflicto con el deber, por ejemplo. En el caso de *Don Álvaro,* el desequilibrio entre las dos fuerzas dramáticas, la de un simple hombre contra la de una fatalidad irónica y omnipotente, resulta demasiado grande como para inspirar la emoción trágica más pura. Tampoco los sufrimientos de don Álvaro revelan en él a un hombre capaz de lograr la máxima grandeza humana en medio de la derrota de sus esperanzas. Por eso conviene proceder con cautela al intentar definir *Don Álvaro* como una tragedia.

LA ESTRUCTURA

En este punto podemos volver la atención a un aspecto prácticamente sin explorar de *Don Álvaro*: la técnica dramática de Rivas en esta obra. Un breve examen de la estructura del drama confirma plenamente lo que hemos ido afirmando en las páginas anteriores. Si, como tradicionalmente se viene repitiendo, *Don Álvaro,* en su construcción literaria, es un fracaso total, hace falta explicar su reputación de ser la obra maestra del teatro romántico español. Desde la reseña en *La Abeja* del 10 de abril de 1835, en la que el drama no es sino "una reunión de escenas inconexas", hasta Azorín, Peers e incluso, hasta cierto punto, Alborg, se ha ido reiterando que *Don Álvaro* es una obra confusa e incoherente, sin unidad argumental y con un desenlace totalmente absurdo. El único crítico que discrepa de tales opiniones es Navas Ruiz. Éste no vacila en declarar que se trata de un "drama bien construido" e insiste en la "absoluta maestría técnica" de Rivas. No deja de llamar la atención que uno de los primeros críticos que se da cuenta del significado real de la obra sea también el primero en percatarse de su calidad artística. De hecho, apenas se ha comprendido rectamente el significado de *Don Álvaro,* la estructura de la obra se muestra en toda su claridad.

Al examinar el desarrollo de la trama, un hecho resulta tan obvio que ningún crítico lo menciona salvo Peers, y éste se equivoca al explicarlo. El drama gira en torno a tres acontecimientos: la intervención del marqués de Calatrava en el rapto de su hija; la tentativa de venganza de don Carlos, y la renovada tentativa de don Alfonso. De modo que, si fuera verdad que el teatro romántico es "enteramente la misma cosa [que] la dramaturgia de Lope y Calderón", como sostuvo Azorín (*Rivas y Larra,* página 411), el autor indudablemente habría dividido el drama en las tres jornadas tradicionales. El que no lo hiciera, y era muy consciente de ello (podemos verlo en que las cuatro piezas siguientes tienen tres jornadas cada una), no deja de llamar la atención. ¿Qué es, pues, lo que hace Rivas? Divide el argumento en cinco jornadas de las que sólo la primera corresponde a uno de los acontecimientos principales. A continuación, una jornada entera dedicada a la entrada de Leonor en el convento de Hornachuelos. En esta segunda jornada don Álvaro no aparece en absoluto; es más, la trama casi no progresa. Sirve única y exclusivamente, en apariencia, para preparar la reunión final de los amantes; desde el punto de vista de la economía dramática, habría podido reducirse a una breve escena. Aquí nos preguntamos: ¿por qué decidió Rivas dedicar toda una jornada —y la más larga— a este episodio? La tercera jornada, en cambio, es muy animada; pero tampoco en ella avanza mucho la trama. Su objeto principal es preparar la escena para el segundo acontecimiento principal del argumento, el desafío entre don Álvaro y don Carlos y la muerte de éste. De nuevo nos vemos obligados a preguntarnos: ¿es aceptable dedicar una jornada entera a tales preparativos? Finalmente, en las dos últimas jornadas, la doble tentativa de los hermanos crea deliberadamente un efecto de simetría. Rivas emplea un procedimiento idéntico en las dos. Cada uno de los hermanos trae una noticia de capital importancia para don Álvaro. En las dos ocasiones se le da la noticia momentos antes de comenzar el desafío con la maligna intención de despertar vanas esperanzas en la mente del protagonista, aumentando la amargura de su muerte. Don Carlos le da la noticia de que Leonor está todavía viva. Don Alfonso le anuncia la rehabilitación de sus padres; es decir, le informa que ya ha desaparecido el mayor impedimento para su matrimonio con Leonor. Se resalta conscientemente la semejanza entre las dos jornadas, de modo que la obra tiene un clímax al final de la primera jornada, seguido por una pausa notable y por un doble clímax en las jornadas cuarta y quinta.

Ahora bien, ¿la interpretación del drama propuesta por Cardwell, según la cual se trata de una pieza simbólica cuyo tema es la condición humana, nos ayuda a

comprender por qué *Don Álvaro* resulta construido tal
como está, y no, por ejemplo, como *El trovador* de García Gutiérrez, que tiene —más lógicamente— un clímax
al final de la primera jornada, otro al terminar la tercera
y el último en la conclusión de la obra? Para responder
la pregunta habrá que examinar de cerca la segunda y
tercera jornadas. Pero antes conviene comentar brevemente un aspecto de la obra que no siempre ha sido bien
enfocado. Damos por sentado, con Cardwell, Navas Ruiz
y Alborg, que el objeto principal de Rivas fue legitimizar
(conscientemente o no) la idea de que la fuerza del sino,
la injusticia cósmica, es la que gobierna la vida del hombre y no la providencia divina. Esto explica la técnica
elegida por Rivas al construir la pieza: de deliberada
repetición. ¿Cómo funciona esa técnica? Es un lugar
común en la crítica del romanticismo inglés, de Keats
en particular, que una de las aspiraciones máximas de
los románticos fue transformar el mundo de la realidad
en algo mágico mediante la imaginación, detener el tiempo mediante la creación de un mundo ideal del que el
real no es más que un torpe reflejo. Al romanticismo
español le falta, en general, aquella fe en el poder trans-
formador de la imaginación, tan típica de los movimien-
tos inglés y alemán. El mundo mágico de Keats en el que
el tiempo rompe el encanto, tiene su contrapartida en
Don Álvaro, donde hay una triple tentativa de vencer la
realidad y el destino destruye toda esperanza. Rivas enfrenta a su héroe, aislado por su nacimiento, por su sangre mestiza y por el crimen de sus padres, al modo de
ser social y religioso de la España tradicionalista que él,
trágicamente, intenta trascender. En la primera jornada,
apela al amor para que cree el ambiente mágico que
tanto anhelaba Keats. Frustrado, se vuelve a la acción
en las jornadas tercera y cuarta. Finalmente, en la quinta
jornada, se refugia en la religión. En cada caso, el mundo real, el "diablo mundo" cuyo señor implacable es el
destino, interviene para cerrarle el paso. Cada fase de
su lucha se lleva a cabo bajo el signo de una terrible
ironía. Cada fase culmina en la muerte. He aquí lo que

proporciona a la obra su unidad estructural. En la primera jornada, sólo cuando don Álvaro se somete a la realidad y suelta la pistola con la que podía desafiar al marqués, interviene el destino y produce la muerte de éste. En la cuarta jornada, sólo cuando don Álvaro encuentra por primera vez un amigo entrañable, se ve obligado a matarle. En la quinta jornada, sólo cuando don Álvaro reencuentra a Leonor después de años de búsquedas infructuosas, la matan delante de sus ojos. Tres veces don Álvaro se aproxima al mundo encantado; tres veces se le niega la entrada. Así se debe comprender el diseño de la obra.

La primera jornada es una tragedia en miniatura. La famosa escena del aguaducho no sólo cumple con admirable originalidad la función de despertar la curiosidad del auditorio, introducir al personaje central y proporcionar los datos necesarios para comprender lo que sigue, sino que también anuncia el tema del destino mediante comentarios intercalados por el oficial y Preciosilla. A la inolvidable entrada silenciosa de don Álvaro sigue la repentina tensión suscitada por los apartes del canónigo. Una vez que éste sale del aguaducho, está en pleno desarrollo la acción del drama.

La escena-clave, situada en el centro de la primera jornada, es la sexta: la de la vacilación de Leonor. Aparentemente sólo marca una pausa entre las dos situaciones altamente dramáticas que la anteceden y siguen. En éstas se ejercen en la heroína la presión de su padre, viejo, cariñoso y entrañablemente amado, por una parte, y la de don Álvaro, joven y apasionadamente enamorado, por la otra. Aquí Leonor aparece, aun antes que don Álvaro mismo, como la víctima de una situación auténticamente trágica, atrapada como está entre dos fuerzas igualmente justificadas: el amor de su padre y el amor de un futuro marido. La escena de su vacilación, mientras aumenta la tensión ya creada durante la exposición, al mismo tiempo nos enfrenta directamente con el hondo patetismo de la situación inicial del drama. En realidad, las escenas cinco, seis y siete, con la vacilación de Leonor situada estratégicamente entre las dos desgarradoras apelaciones a su fidelidad, forman una sola unidad dramática. Esta unidad separa las anticipaciones de la tragedia, que ya se configuran en la escena del aguaducho, y la primera catástrofe que sigue en la escena ocho. Cada elemento en la primera jornada sirve a un único propósito: crear un modelo. Es el modelo de una serie de acontecimientos aparentemente fortuitos pero que, en realidad, están regidos por una fuerza —la fuerza del sino— cuyo influjo volverá a ejercerse implacablemente durante el resto de la acción. Sugerir, como hizo Peers (*Rivas*, página 148), que la primera jornada no es más que una parte de la exposición del drama, exposición que incluso abarca parte de la segunda, nos da una vez más muestra de cómo *no* hay que leer *Don Álvaro*.

La segunda jornada, como apuntamos arriba, marca una pausa en la acción. Hay una transformación total, no sólo del ambiente sino también del argumento. Hasta ahora se ha hecho hincapié exclusivamente en el azar: una conversación que escucha por casualidad el canónigo en el aguaducho; la trayectoria casual de una bala disparada accidentalmente. Todo lo demás del drama será dedicado de ahora en adelante a convertir el *azar* en *sino*: hacer que los acontecimientos den razón a las previsiones de Preciosilla; en otras palabras, convertir un simple suceso en un tema. Pero, si la interpretación de Cardwell es la correcta, el tema de *Don Álvaro* va más allá de la simple afirmación de que un *fatum* funesto interviene en la existencia humana. El objeto de una tragedia no es simplemente sugerir que "la vida es así", sino preguntar "¿por qué la vida es así?". Y la respuesta en *Don Álvaro* no deja lugar a dudas: porque no existe una providencia divina para contrarrestar el destino adverso. Llegado a este punto es obligado preguntar por qué el escenario de las jornadas segunda y quinta se sitúa en o cerca del monasterio de Hornachuelos. Teóricamente no es necesario para nada. Don Álvaro, don Alfonso y Leonor habrían podido encontrarse con perfecta lógica a bordo de un barco en alta mar o en un país

extranjero. El sino les habría juntado solamente para
morir. Pero habría faltado un elemento esencial. Al hacer que Leonor abrace la vida de ermitaño y que don
Álvaro se haga monje, Rivas introduce una dimensión
totalmente nueva en el drama. El conflicto ya no es entre el destino y los amantes sino entre el destino y la
(posible) providencia divina. Una vez que ambos protagonistas hayan buscado refugio en la religión, el grito de
don Álvaro antes del desenlace:

> ¡oh Dios!... ¿Me rehúsa
> vuestra gracia sus auxilios?

se revela fundamental: significa que el destino ha supe-
rado la barrera erigida por la fe.

La importancia de la segunda jornada, que para Peers
constituía "indudablemente un error" ("an undoubted
flaw of construction", *Rivas,* p. 399) y "el punto más
débil de la pieza desde el punto de vista de la construcción" ("the weakest spot constructionally in the play",
p. 149), queda perfectamente aclarada de este modo. No
se trata de acelerar la marcha de los episodios, sino de
profundizar el tema al introducir la fuerza que debía
contrapesar al sino. La segunda jornada empieza con
otro ejemplo del azar: la coincidencia de Leonor y el
estudiante, compañero de su hermano Alfonso, en la misma tarde y el mismo mesón. La escena del mesón tiene
una función doble. Ha pasado un año desde la muerte
del marqués; por tanto, hace falta una nueva escena
expositiva. Así se explica la relación del estudiante; pero
las noticias que trae no justifican una escena tan larga.
No menos importante fue crear una nota de contraste entre el dramatismo del final de la primera jornada y la
introducción del tema religioso. Este interludio nos lo
ofrece la escena del mesón. Es, desde luego, lógicamente
innecesario que Leonor escuche la relación del estudiante, que está dirigida al auditorio; pero las referencias a
ella y, más tarde, a su inesperada desaparición del mesón, reorientan la atención del auditorio, hasta entonces

fijada en don Álvaro, concentrándola en Leonor de modo que preparan con eficacia su entrada en la próxima escena. El resto de la jornada transcurre a la sombra de una cruz gigantesca que se erige delante del monasterio. Las acotaciones especifican que la mayor parte del diálogo entre Leonor y el Padre Guardián tiene lugar mientras están sentados al pie de la cruz. El simbolismo visual es obvio. No menos evidente es la función de los cuatrocientos y pico versos del diálogo mismo entre la heroína y el monje bondadoso. En ellos no sólo se prepara el desenlace sino que también (y esto es mucho más importante) se destaca sistemáticamente la dimensión religiosa que subyace al conflicto en que se basa el drama. Si, como sugiere correctamente Navas Ruiz, el famoso monólogo de don Álvaro en la tercera jornada constituye "el eje del drama" y "marca el salto desde el orden social al orden metafísico" (Introducción, p. LV), la importancia de ese salto no puede apreciarse debidamente fuera del contexto creado por la escena de la cruz en la segunda jornada.

Nos enfrentamos ahora con lo que es, quizás, el aspecto estructural más interesante de *Don Álvaro*: la función dramática de las jornadas tres y cuatro. Pues, aunque aceptamos que la segunda jornada desempeña un papel esencial en el desarrollo del tema (aparte la necesidad imperiosa de amplificar el papel de la heroína que, de otro modo, tendría una sola escena importante —la sexta de la primera jornada— y luego desaparecería hasta el desenlace, convirtiéndose en un personaje simplemente "secundario"), con todo, Rivas todavía habría podido llevar a término el drama dentro de cuatro jornadas, dedicando una a cada tentativa de venganza de los dos hermanos de Leonor. En cambio, Rivas no sólo dedica la jornada tercera por entero a una serie de episodios inverosímiles en los que don Alvaro y don Carlos se salvan mutuamente la vida, sino que evita deliberadamente servirse del desafío entre éstos para crear (como sería lógico) el clímax de la cuarta jornada. ¿Cómo se explica esto? Es precisamente la segunda parte de la cuarta jornada, a la que Azorín en *Rivas y Larra* no dedica sino unas frases desdeñosas, la que nos proporciona la clave. Vista retrospectivamente, esta parte de la cuarta jornada se presenta como el momento más irónico del drama, pues en ella don Álvaro escapa a la justicia humana por medio de otra intervención imponderable del azar, para encontrar en la quinta la injusticia divina.

Las jornadas tres y cuatro, tomadas en conjunto, no presentan más que una sucesión de situaciones irónicas que culminan en la evasión —aparentemente providencial— de don Álvaro de la pena capital y su decisión de dedicar el resto de su vida a la soledad y la penitencia. ¡Con consecuencias funestas! La serie de ironías comienza en la sala de los oficiales en Veletri. Según Casalduero, las primeras escenas de la tercera jornada tienen como objeto establecer el carácter de don Carlos. Pero ésta no es, ni mucho menos, su función principal, que es, en cambio, la de ofrecer un contraste simbólico con lo que antecede. Al levantarse el telón, después del final de la segunda jornada, en que Leonor y el Padre Guardián buscan el amparo de la Iglesia, se presenta la fuerza opuesta a la religiosa, el azar, el juego de naipes. ¿Es acaso exagerado resaltar que todo está arreglado para que la víctima no tenga posibilidad alguna de salir victoriosa? Que el azar simboliza aquí el destino está probado por el hecho de que el juego de naipes es el que lleva a don Carlos a encontrarse inesperadamente con don Álvaro. ¡Pero en qué circunstancias! El hombre a quien más aborrece don Carlos le salva la vida. A su vez, don Carlos salva la vida a quien más anhela matar en el mundo. La cuarta jornada fuerza más la ironía del destino. Sólo cuando don Alvaro comprende que Leonor está todavía viva y que todavía la felicidad está a su alcance, se ve forzado a interponer otra muerte entre ambos al matar a quien, además de ser el hermano de su amada, le ha salvado la vida. Después de todo eso, la evasión de don Álvaro de la pena de muerte (a la que, subrayamos, estaba dispuesto a someterse "como cristiano") y su decisión de refugiarse en el estado religioso, como ya había hecho

Leonor, constituye el colmo de la ironía. El camino hacia la renuncia y la mortificación lleva a don Álvaro al mismo lugar sagrado en que estaba Leonor. Cuando por fin se encuentran, el destino hace responsable a don Álvaro de la muerte del segundo hijo del marqués de Calatrava y, seguidamente, mueren ellos mismos.

No es preciso examinar de cerca la última jornada. De sus tres partes (la escena de la sopa y la llegada de don Alfonso, las escenas en la celda de don Álvaro y el desenlace), las dos primeras se relacionan fácilmente con aspectos técnicos ya mencionados. Como la escena del mesón al principio de la segunda jornada, la escena de la distribución de la sopa y el diálogo entre el hermano Melitón y el Padre Guardián combinan la función de disminuir la tensión, después del final de la cuarta jornada, e informar al auditorio acerca de lo que ha pasado en los cuatro años transcurridos. La segunda parte de la última jornada (es decir, el enfrentamiento entre don Álvaro y don Alfonso) sigue, como apuntamos arriba, el modelo de la jornada cuarta, escena uno. Así como don Carlos había revelado que Leonor estaba todavía viva, don Alfonso anuncia que los padres de don Álvaro han logrado el perdón y se les ha devuelto su rango, su dignidad y sus riquezas. Si hay algo que llama la atención en esta parte de la quinta jornada es, precisamente, lo que no cuadra con la interpretación de Pattison. Ante el desprecio que muestra don Alfonso al referirse a su sangre mestiza, don Álvaro no se inmuta. Sí reacciona cuando don Alfonso le golpea. Aquí destaca de nuevo el aspecto anticristiano de la obra. En vez de ofrecer la otra mejilla, como enseña la doctrina cristiana, don Álvaro acepta el desafío a pesar de sus votos. Así otra víctima se coloca entre él y Leonor. Finalmente, ella muere a manos de su hermano; don Álvaro renuncia a la lucha desigual contra el destino adverso y se suicida.

Esperamos haber mostrado que la crítica que se viene haciendo sobre la técnica de *Don Álvaro* como obra dramática no está bien fundamentada. No hay ningún desequilibrio serio entre sentido y forma en la obra maestra de Rivas. Al contrario, las dificultades que ofrece el drama resultan de la insistencia con que el autor va creando, de jornada en jornada, una concatenación de circunstancias aparentemente casuales tal que, al fin, la única conclusión que se impone es que hemos presenciado diversas manifestaciones de una maligna anti-providencia, un sino cruel e incomprensible. Para lograr este objeto, Rivas acumula ironía tras ironía; incluso, en la quinta jornada, hace que don Álvaro evite la muerte por cuarta vez (si contamos su persecución por los criados enfurecidos del marqués de Calatrava, al final de la primera jornada) cuando, tras creerlo muerto los bandidos, es llevado al monasterio de Hornachuelos (donde le espera el suicidio). ¿Cómo se explican estas ironías si no se acepta la interpretación simbólica del drama? En realidad, el defecto principal de *Don Álvaro* estriba en que el tema de la obra resulta excesivamente explícito. Aquí Rivas mismo ha sido víctima de una singular ironía. Precisamente el factor que le indujo a resaltar tan sistemáticamente el tema del drama (es decir, el conflicto entre el destino y la providencia divina; nos referimos, claro está, a los prejuicios religiosos del auditorio) ha resistido hasta hace muy poco a toda tentativa de interpretar rectamente la obra más importante del teatro romántico español.

ESCENIFICACIÓN Y VERSIFICACIÓN

La técnica escenográfica teatral entró en una fase de rápido desarrollo a finales del siglo XVIII y principios del XIX en toda Europa. Basta apuntar, por ejemplo, que la iluminación a gas del escenario, con efectos de luz imposibles de conseguir anteriormente, fue adoptada por los teatros madrileños a principios de los años treinta. Por tanto, la acotación que acompaña la primera aparición de don Álvaro, "Empieza a anochecer, y se va oscureciendo el teatro", cobra un interés nuevo. En los mismos años, daba pasos de gigante una nueva concepción de la escena como cuadro visual más que simple caja de resonancia para el diálogo. Bajo el impulso de la moda por la ópera, que exigía decoraciones cada vez más elaboradas y efectistas y que mezclaba diálogo con música y bailes, se llevó a cabo una renovación y amplificación de los recursos técnicos. Rivas lo sabía y estaba resuelto a aprovecharlo en lo posible. Una nota añadida a la primera edición de *Don Álvaro* dice así: "Si por la mala disposición de nuestros escenarios no se pudiese cambiar a la vista la decoración de la segunda jornada, se echará momentáneamente un telón supletorio que represente una áspera montaña de noche." La duda que Rivas expresa aquí demuestra hasta qué punto era consciente de haberse adelantado a las posibilidades prácticas de algunos teatros (¿los de provincias?). Sabemos que se postergó el estreno de *Don Álvaro* a causa del "complicado juego de sus principales escenas" (*El Eco del Comercio*, 21 de marzo de 1835, cit. Andioc). Andioc,[9] que comenta atinadamente este aspecto de la obra, menciona que las quince o dieciséis decoraciones exigidas por *Don Álvaro* superan con mucho no sólo las cinco de *La conjuración de Venecia* de Martínez de la Rosa, que entusiasmaban tanto a Larra, sino también las once o doce de *La pata de cabra* de Grimaldi, hasta entonces considerada la pieza más aparatosa de la época. Ni antes ni después de *Don Álvaro* Rivas se preocupó tanto de organizar el aspecto espectacular de sus piezas, lo que subraya una vez más el sitio singular que ocupa este drama en su producción.

A continuación recogemos el esquema métrico de la obra, indicando las escenas en prosa. Casalduero observa con razón que, para el romanticismo, la estrofa no tiene una función especial. En efecto, Rivas emplea la misma forma métrica en escenas muy diversas entre sí, aunque quizás no tan indiscriminadamente como sugiere Casalduero. Notamos, por ejemplo, que cuando don Álvaro

[9] René Andioc, "Sobre el estreno de *Don Álvaro*" en *Homenaje a Juan López Morillas*, ed. José Amor y Vázquez y David Kossoff, Castalia, Madrid, 1982, pp. 63-86.

hace su teatral aparición en la escena siete de la primera jornada, la versificación cambia de romance a silva y de asonancia a rima (acentuada por los pareados). Igualmente, se nota en la segunda jornada, la que ofrece mayor variedad métrica, el empleo de sextas rimas y endechas reales para los dos monólogos de Leonor, y de romance real para el momento culminante de su diálogo con el Padre Guardián. ¿Para qué tanto virtuosismo en esta segunda jornada que, según Peers, resulta más o menos inútil? El hecho es que su extensión y su riqueza métrica indican claramente que Rivas era muy consciente de que cumple una función esencial dentro del esquema total del drama.

Conclusión

En el teatro romántico, la inverosimilitud no siempre debe ser juzgada como el resultado de un error o como una imperfección. Muchas veces, y concretamente en el caso de *Don Álvaro,* es la necesaria consecuencia de una concepción literaria rigurosamente meditada. En la base de esa concepción está la interpretación romántica y pesimista de la vida, en la que la fuerza del sino y los infortunios que persiguen a don Álvaro simbolizan la orfandad espiritual del hombre. Este concepto, que surge por primera vez en la época moderna con el romanticismo, marca un hito en la historia de la literatura europea. Es a él a quien se refiere "Azorín" en su célebre discurso ante la tumba de Larra el 13 de febrero de 1901, cuando llama al ensayista "Maestro de la presente juventud" y describe a los de su generación como "atormentados por las mismas ansias y sentidores de los propios anhelos" (*La voluntad,* segunda parte, Cap. IX). Pero no solamente los noventayochistas españoles descienden de los románticos. El romanticismo, nadie lo ha explicado mejor que Camus en *L'homme revolté* (1951), representa la vertiente más importante de la sensibilidad moderna. La visión del mundo de muchos escritores románticos reconoce el fracaso de los valores absolutos aceptados previamente y de las líneas de pensamiento tradicionales. En *Don Álvaro* Rivas expresó memorablemente esa visión. Si bien evolucionó luego hacia el romanticismo histórico, su fama queda vinculada esencialmente a esta obra innovadora e inconformista.

DONALD L. SHAW

NOTICIA BIBLIOGRÁFICA

EDICIONES PRINCIPALES DE *Don Álvaro*

Don Álvaro o la fuerza del sino, Tomás Jordán, Madrid, 1835.
——, Yenes, Madrid, 1839.
——, Repullés, 1845.
En *Obras completas* del Duque de Rivas, Biblioteca Nueva, Madrid, 1854-1855.
Don Álvaro o la fuerza del sino, Ducazcal, Madrid, 1879.
En *Autores dramáticos contemporáneos y joyas del teatro español del siglo XIX,* Fortanet, Madrid, 1881.
En *Obras completas* del Duque de Rivas, Montaner y Simón, Barcelona, 1884-1885.
Don Álvaro o la fuerza del sino, Moreno y Rojas, Madrid, 1889.
En *Obras completas* del Duque de Rivas, Rivadeneyra, Madrid, 1894-1904.
Don Álvaro o la fuerza del sino, Imprenta de la Novela Ilustrada, Madrid, ¿1906?
——, J. Morales, Madrid, 1923.
——, Editora Internacional, Madrid, 1925.
——, edición preparada por S. M. Millard Rosenberg y E. H. Templin, Nueva York y Londres, Longmans Green and Co., 1928.
——, edición preparada por C. J. Winter y E. B. Williams, Sanborn, Chicago, 1928.
——, Sociedad de Autores Españoles, Madrid, 1932.
——, Dédalo, Madrid, 1934.
En *Nineteenth Century Spanish Plays,* antología preparada por Louis E. Brett, Appleton Century Crofts, Nueva York, 1935.

Don Álvaro o la fuerza del sino, J. Sureda, Montevideo, 1939.

En *Obras completas* del Duque de Rivas, Aguilar, Madrid, 1945.

En *Obras selectas* del Duque de Rivas, Estrada, Buenos Aires, 1945.

Don Álvaro o la fuerza del sino, seguido de romances históricos, Zig Zag, Santiago de Chile, 1948.

Don Álvaro o la fuerza del sino, Espasa-Calpe Argentina, Buenos Aires, ¿1950? (Colección Austral).

——, con notas de Álvaro Arauz, Colección Teatro Español, México, 1953.

En *Flor del teatro romántico,* antología preparada por José Bergua, Ediciones Ibéricas, Madrid, 1954.

En *Obras completas* del Duque de Rivas, edición preparada por Jorge Campos, Rivadeneyra, Madrid, 1957 (Biblioteca de Autores Españoles).

Don Álvaro o la fuerza del sino, edición preparada por Benito Varela Jacome, Porto y Cía, Santiago de Compostela, ¿1957?

Don Álvaro o la fuerza del sino. Romances históricos, edición preparada por Eleazar Huerta, Universitaria, Santiago de Chile, 1958.

Don Álvaro o la fuerza del sino, edición preparada por Alberto Sánchez, Anaya, Salamanca, 1959.

——, Escelicer, Madrid, 1959.

——, Alfil, Madrid, 1951.

En *Tres dramas románticos,* Doubleday, Nueva York, 1962.

Don Álvaro o la fuerza del sino, edición preparada por Jorge Campos, Taurus, Madrid, 1963.

En *Teatro romántico español,* antología preparada por Javier Segura, Aguilar, Madrid, 1965.

Don Álvaro o la fuerza del sino, edición preparada por Pilar Díez, Ebro, Zaragoza, 1966.

En *Teatro romántico,* antología preparada por Juan Alcina Franch, Bruguera, Barcelona, 1968.

Don Álvaro o la fuerza del sino, Libra, Madrid, 1970.

Don Álvaro o la fuerza del sino. Romances históricos, edición preparada por A. Magaña Esquivel, Porrúa, Méjico, 1971.

Don Álvaro o la fuerza del sino, edición preparada por Joaquín Casalduero y Alberto Blecua, Labor, Barcelona, 1974.

Don Álvaro o la fuerza del sino, Los Amantes de Teruel, Traidor, inconfeso y mártir, Círculo de Amigos de la Historia, Madrid, 1974.

Don Álvaro o la fuerza del destino. Lanuza, edición preparada por Ricardo Navas Ruiz, Espasa-Calpe, Madrid, 1975 (Clásicos Castellanos).

Don Álvaro o la fuerza del sino, edición preparada por Alberto Sánchez, Cátedra, Madrid, 1975.

——, Escolar, Madrid, 1978.

Don Álvaro o la fuerza del sino. El desengaño en un sueño, Espasa-Calpe, Madrid, 1980.

Don Álvaro o la fuerza del sino, edición preparada por Marieta Climent, Busma, Madrid, 1983.

Don Álvaro o la fuerza del sino, edición preparada por Enrique J. Rodríguez Baltanas, Tarraco, Tarragona, 1983.

Don Álvaro o la fuerza del sino. El desengaño en un sueño, edición preparada por José García Templado, Plaza y Janés, Barcelona, 1984.

BIBLIOGRAFÍA SELECTA SOBRE *DON ÁLVARO*

Adams, Nicholson B., "The Extent of the Duke of Rivas's Romanticism", en *Homenaje a Antonio Rodríguez Moñino,* Castalia, Madrid, 1966, pp. 1-7.

Alborg, Juan Luis, *Historia de la literatura española, t. IV, El romanticismo,* Gredos, Madrid, 1980.

Andioc, René, "Sobre el estreno de *Don Álvaro*", en *Homenaje a Juan López Morillas,* Castalia, Madrid, 1982, pp. 63-86.

Azorín, *Rivas y Larra,* en *Obras completas,* III, Aguilar, Madrid, 1959.

Boussagol, Gabriel, *Ángel de Saavedra, Duc de Rivas,* Bibliothèque Meridionale, Toulouse, 1926.

——, "Ángel de Saavedra, Duc de Rivas, Essai de Bibliographie Critique", *Bulletin Hispanique,* XXIX, 1927, pp. 5-98.

Caldera, Ermanno, *Il dramma romantico in Spagna,* Università di Pisa, 1974.

Caravaca, Francisco, "¿Plagió Merimée el Don Álvaro del Duque de Rivas?", *La Torre,* XLIX, 1965, pp. 77-135.

Cardwell, Richard, "Don Álvaro, or the Force of Cosmic Injustice", *Studies in Romanticism,* XII, 1973, pp. 559-579; parcialmente traducido en *Romanticismo y realismo,* ed. Iris Zavala, Grijalbo, Barcelona, 1982, pp. 222-226.

Casalduero, Joaquín, "Don Álvaro o el destino como fuerza", en sus *Estudios sobre el teatro español,* Gredos, Madrid, 1962.

González Ruiz, Nicolás, *El Duque de Rivas o la fuerza del sino,* Ediciones Aspas, Madrid, 1944.

Gray, Edward, "Satanism in *Don Álvaro*", *Romanische Forschungen,* LXXX, 1968, pp. 292-302.

Knowlton, James, *"Don Álvaro:* A Spanish Phaëton?", *Romance Notes,* XIII, 1972, pp. 460-462.

Lovett, Gabriel, *The Duke of Rivas,* G. K. Hall and Co. Boston, 1977.

Navas Ruiz, Ricardo, *El romanticismo español,* Anaya, Salamanca, 1970.

——, Introducción a su edición de *Don Álvaro,* Espasa-Calpe, Madrid, 1975.

Pattison, Walter, "The Secret of Don Álvaro", *Symposium,* XXI, 1967, pp. 67-81.

Peers, Edgar Allison, *Ángel de Saavedra, Duque de Rivas: A Critical Study,* Hispanic Society of America, Nueva York, 1923, y *Revue Hispanique,* LVIII, 1923, cap. IV.

Sánchez, Roberto G., "Cara y cruz de la teatralidad romántica", *Ínsula,* CCCVI, 1974, pp. 21-23.

Sedwick, Brian, "Rivas's *Don Álvaro* and Verdi's *La forza del destino*", *Modern Language Quarterly,* XVI, 1955, pp. 124-129.

ESQUEMA MÉTRICO

Jornada primera

Escenas I-IV (Prosa)
Escena V, vv. 1-76 Redondillas
Escena VI, vv. 77-88 Redondillas
         vv. 89-240 Romance
Escena VII, vv. 241-341 Silva (luego prosa)
Escena VIII (Prosa)

Jornada segunda

Escena I, vv. 342-355 Seguidillas (luego prosa)
Escena II, vv. 356-375 Décimas
         vv. 376-403 Redondillas
Escena III, vv. 404-471 Sextas rimas, con versos de arte me-
    nor y varias combinaciones de rimas
Escena IV (Prosa)
Escena V, vv. 472-487 Endechas reales
Escena VI, vv. 488-511 Redondillas
Escena VII, vv. 512-755 Romance
         vv. 756-813 Romance real
Escena VIII, vv. 814-829 Redondillas

Jornada tercera

Escena I (Prosa)
Escena II, vv. 830-890 Redondillas
Escena III, vv. 891-1000 Décimas

Escena IV, vv. 1001-1101 Redondillas
Escena V (Prosa)
Escena VI (Prosa)
Escena VII, vv. 1102-1211 Romance
Escena VIII, vv. 1212-1339 Redondillas
Escena IX, vv. 1340-1347 Redondillas

Jornada cuarta

Escena I, vv. 1348-1623 Redondillas
Escena II (Prosa)
Escena III, vv. 1623-1750 Romance
Escena IV, vv. 1751-1752 Romance
Escena V, vv. 1753-1807 Silva
Escena VI, vv. 1808-1865 Romance
Escena VII (Prosa)
Escena VIII, vv. 1866-1871 Silva

Jornada quinta

Escena I (Prosa)
Escena II (Prosa)
Escena III, vv. 1872-1907 Redondillas
Escena IV, vv. 1908-1923 Redondillas
Escena V, vv. 1924-1933 Décima
Escena VI, vv. 1934-2101 Romance
Escena VII (Prosa)
Escena VIII, vv. 2102-2137 Redondillas
Escena IX, vv. 2138-2275 Romance (luego prosa)
Escena X (Prosa)
Escena XI (Prosa)

NOTA PREVIA

P A R A preparar el texto hemos consultado la primera edición de 1835, la definitiva de las *Obras completas,* Madrid, 1854-1855 y las ediciones modernas de Ricardo Navas Ruiz y Alberto Blecua.

D. L. S.

DON ÁLVARO
O LA FUERZA DEL SINO

Al Señor
Don Antonio Alcalá Galiano [1]

Como memoria de otro tiempo menos feliz pero más tranquilo, dedico a usted este drama que vio nacer en las orillas del Loira, cuando los recuerdos de las del Guadalquivir, de las costumbres de nuestra patria, y de los rancios cuentos y leyendas que nos adormecieron y nos desvelaron en la infancia, tenían para nosotros todo el mágico prestigio que dan a tales cosas la proscripción y el destierro. En esta obra impresa reconocerá usted la misma que con tanta inteligencia y mejoras puso en francés para que se representara en los teatros de París. No se verificó esto, como usted sabe, por las inesperadas circunstancias que dieron fin a nuestra expatriación. Y ahora la presento en los de Madrid, con algunas variaciones esenciales y engalanada con varios trozos de poesía. El público decidirá, pues, si el trabajo que me ocupó tan agradablemente en las horas amargas de pobreza y de insignificancia; si los lances que pensados, leídos y repetidos por los alrededores de Tours nos pusieron muchas veces de tan festivo humor, que nos hacían olvidar por un momento

---

[1] *A. Alcalá Galiano* (1781-1865), crítico literario, político y autor del célebre prólogo a *El Moro Expósito* de Rivas.

nuestras penas; si este drama, en fin, que tantos elogios ha debido a usted valen algo despojados de las circunstancias que nos los hacían a usted tan agradables y a mí tan lisonjeros.

Sea, pues, cual sea el mérito de esta composición, sé que para usted siempre lo tendrá, por la parcial amistad con que me favorece, y por eso se la dedica con el más fino afecto su verdadero amigo

A. DE SAAVEDRA [2]

---

[2] Dedicatoria de la primera edición (1835). En ediciones posteriores se lee: "AL EXMO. SR. D. Antonio Alcalá Galiano, en prueba de constante y leal amistad en próspera y adversa fortuna. ÁNGEL DE SAAVEDRA, DUQUE DE RIVAS.

PERSONAS

DON ÁLVARO.

EL MARQUÉS DE CALATRAVA.

DON CARLOS DE VARGAS, *su hijo.*

DON ALFONSO DE VARGAS, *ídem.*

DOÑA LEONOR, *ídem.*

CURRA, *criada.*

PRECIOSILLA, *gitana.*

UN CANÓNIGO.

EL PADRE GUARDIÁN DEL CONVENTO DE LOS ÁNGELES.

EL HERMANO MELITÓN, *portero del mismo.*

PEDRAZA Y OTROS OFICIALES.

UN CIRUJANO DEL EJÉRCITO.

UN CAPELLÁN DE REGIMIENTO.

UN ALCALDE.

UN ESTUDIANTE.

UN MAJO.

MESONERO.

MESONERA.

LA MOZA DEL MESÓN.

EL TÍO TRABUCO, *arriero.*

EL TÍO PACO, *aguador.*

EL CAPITÁN PREBOSTE.

UN SARGENTO.

UN ORDENANZA A CABALLO.

DOS HABITANTES DE SEVILLA.

SOLDADOS ESPAÑOLES, ARRIEROS, LUGAREÑOS Y LUGAREÑAS.

Notas: Los trajes son los que se usaban a mediados del siglo pasado.

Si no hubiese bastantes actores, puede uno mismo ejecutar dos o tres de los personajes subalternos que sólo figuran en distintas jornadas.

Si por la mala disposición de nuestros escenarios no se pudiese cambiar a la vista la decoración de la segunda jornada, se echará momentáneamente un telón supletorio que represente una áspera montaña de noche.

Este drama se estrenó en Madrid en el Teatro del Príncipe la noche del día 22 de marzo de 1835, desempeñando los primeros papeles la señora Concepción Rodríguez y los señores Luna, Romea, López, etc. [3]

---

[3] Estas notas figuran al final de la primera edición. En ésta hay una lista de personas al principio de cada jornada.

JORNADA PRIMERA

La escena es en Sevilla y sus alrededores

La escena representa la entrada del puente de Triana,[4] el que estará practicable a la derecha. En primer término, al mismo lado, un aguaducho o barraca de tablas y lonas, con un letrero que diga: "Agua de Tomares"; dentro habrá un mostrador rústico con cuatro grandes cántaros, macetas de flores, vasos, un anafre con una cafetera de hoja de lata y una bandeja con azucarillos. Delante del aguaducho habrá bancos de pino. Al fondo se descubrirá de lejos parte del arrabal de Triana, la huerta de los Remedios con sus altos cipreses, el río y varios barcos en él, con flámulas y gallardetes. A la izquierda se verá en lontananza la Alameda. Varios habitantes de Sevilla cruzarán en todas direcciones durante la escena. El cielo demostrará el ponerse el sol en una tarde de julio, y al descorrerse el telón aparecerán: el Tío Paco, detrás del mostrador en mangas de camisa; el Oficial, bebiendo un vaso de agua, y de pie; Preciosilla a su lado templando una guitarra; el Majo y los dos Habitantes de Sevilla sentados en los bancos.

---

[4] *puente de Triana.* Ed. 1855: del antiguo puente de barcas de Triana.

ESCENA PRIMERA [5]

OFICIAL.   Vamos, Preciosilla, cántanos la rondeña. Pronto, pronto; ya está bien templada.

PRECIOSILLA.   Señorito, no sea su merced tan súpito. [6] Deme antes esa mano, y le diré la buenaventura.

OFICIAL.   Quita, que no quiero tus zalamerías. Aunque efectivamente tuvieras la habilidad de decirme lo que me ha de suceder, no quisiera oírtelo... Sí, casi siempre conviene el ignorarlo.

MAJO.   (*Levantándose.*) Pues yo quiero que me diga la buenaventura esta prenda. He aquí mi mano.

PRECIOSILLA.   Retire Vmd. [7] allá esa porquería... ¡Jesús, ni verla quiero, no sea que se encele aquella niña de los ojos grandes!

MAJO.   (*Sentándose.*) ¡Qué se ha de encelar de ti, pendón!

PRECIOSILLA.   Vaya, saleroso, no se cargue Vmd. [7] de estera; [8] convídeme a alguna cosita.

MAJO.   Tío Paco, dele Vmd. [7] un vaso de agua a esta criatura, por mi cuenta.

PRECIOSILLA.   ¿Y con panal? [9]

OFICIAL.   Sí, y después que te refresques el gargüero y que te endulces la boca, nos cantarás las corraleras. [10] (*El aguador sirve un vaso de agua con panal a Preciosilla, y el Oficial se sienta junto al Majo.*)

HABITANTE PRIMERO.   Hola. Aquí viene el señor canónigo.

---

[5] Obsérvense los elementos costumbristas de la acotación y de las escenas al aguaducho; es decir, el interés por lo típico y pintoresco. Reaparece en la escena del mesón al principio de la segunda jornada.

[6] *súpito*: impaciente.

[7] *Vmd.* Ed. 1855: usted.

[8] *no se cargue Vmd. de estera*: no se enfade.

[9] *panal*: azucarillo.

[10] *corralera*: canción andaluza bailable.

ESCENA II

CANÓNIGO. Buenas tardes, caballeros.

HABITANTE SEGUNDO. Temíamos no tener la dicha de ver a su merced esta tarde, señor canónigo.

CANÓNIGO. (*Sentándose y limpiándose el sudor.*) ¿Qué persona de buen gusto, viviendo en Sevilla, puede dejar de venir todas las tardes de verano a beber la deliciosa agua de Tomares, que con tanta limpieza y pulcritud nos da el tío Paco, y a ver un ratito este puente de Triana, que es lo mejor del mundo?

HABITANTE PRIMERO. Como ya se está poniendo el sol...

CANÓNIGO. Tío Paco, un vasito de la fresca.

TÍO PACO. Está usía muy sudado; en descansando un poquito le daré el refrigerio.

MAJO. Dale a su señoría el agua templada.

CANÓNIGO. No, que hace mucho calor.

MAJO. Pues yo templada la he bebido, para tener el pecho suave y poder entonar el rosario por el barrio de la Borcinería, que a mí me toca esta noche.

OFICIAL. Para suavizar el pecho, mejor es un trago de aguardiente.

MAJO. El aguardiente es bueno para sosegarlo después de haber cantado la letanía.

OFICIAL. Yo lo tomo antes y después de mandar el ejercicio.

PRECIOSILLA. (*Habrá estado punteando la guitarra y dirá al Majo:*) Oiga Vmd.,[11] rumboso, ¿y cantará Vmd.[11] esta noche la letanía delante del balcón de aquella persona?...

CANÓNIGO. Las cosas santas se han de tratar santamente. Vamos. ¿Y qué tal los toros de ayer?

MAJO. El toro berrendo[12] de Utrera salió un buen bicho, muy pegajoso... Demasiado.

---

[11] *Vmd.* Ed. 1855: usted.
[12] *berrendo*: de dos colores, uno de ellos blanco.

HABITANTE PRIMERO. Como que se me figura que le tuvo usted asco.

MAJO. Compadre, alto allá, que yo soy muy duro de estómago... Aquí está mi capa (*enseña un desgarrón*), diciendo por esta boca que no anduvo muy lejos.

HABITANTE SEGUNDO. No fue la corrida tan buena como la anterior.

PRECIOSILLA. Como que ha faltado en ella don Álvaro el indiano, que a caballo y a pie es el mejor torero que tiene España.

MAJO. Es verdad que es todo un hombre, muy duro con el ganado y muy echado adelante.

PRECIOSILLA. Y muy buen mozo.

HABITANTE PRIMERO. ¿Y por qué no se presentaría ayer en la plaza?

OFICIAL. Harto tenía que hacer con estarse llorando el mal fin de sus amores.

MAJO. Pues qué, ¿lo ha plantado ya la hija del señor marqués?...

OFICIAL. No; doña Leonor no le [13] ha plantado a él, pero el marqués la ha trasplantado a ella.

HABITANTE SEGUNDO. ¿Cómo?...

HABITANTE PRIMERO. Amigo, el señor marqués de Calatrava tiene mucho copete y sobrada vanidad para permitir que un advenedizo sea su yerno.

OFICIAL. ¿Y qué más podía apetecer su señoría que el ver casada a su hija (que con todos sus pergaminos, está muerta de hambre) con un hombre riquísimo y cuyos modales están pregonando que es un caballero?

PRECIOSILLA. ¡Si los señores de Sevilla son vanidad y pobreza, todo en una pieza! Don Álvaro es digno de ser marido de una emperadora... ¡Qué gallardo!... ¡Qué formal y qué generoso!... Hace pocos días que le dije la buenaventura (y por cierto no es buena la que le espera si las rayas de la mano no mienten), y me dio una onza de oro como un sol de mediodía.

---

[13] *le.* Ed. 1855: lo.

Tío Paco.   Cuantas veces viene aquí a beber, me pone
sobre el mostrador una peseta columnaria. [14]

Majo.   ¡Y vaya un hombre valiente! Cuando, en la Alameda Vieja, le salieron aquella noche los siete hombres
más duros que tiene Sevilla, metió mano [15] y me [16] los
acorraló a todos contra las tapias del picadero.

Oficial.   Y en el desafío que tuvo con el capitán de
artillería se portó como un caballero.

Preciosilla.   El marqués de Calatrava es un vejete tan
ruin, que por no aflojar la mosca y por no gastar...

Oficial.   Lo que debía hacer don Álvaro era darle una
paliza que...

Canónigo.   Paso, paso, [17] señor militar. Los padres tienen
derecho de casar a sus hijas con quien les convenga.

Oficial.   ¿Y por qué no le ha de convenir don Álvaro?
¿Porque no ha nacido en Sevilla?... Fuera de Sevilla
nacen también caballeros.

Canónigo.   Fuera de Sevilla nacen también caballeros,
sí señor; pero... ¿lo es don Álvaro?... Sólo sabemos
que ha venido de Indias hace dos meses y que ha traído
dos negros y mucho dinero... Pero ¿quién es?...

Habitante primero.   Se dicen tantas y tales cosas de
él...

Habitante segundo.   Es un ente muy misterioso.

Tío Paco.   La otra tarde estuvieron aquí unos señores
hablando de lo mismo, y uno de ellos dijo que el tal
don Álvaro había hecho sus riquezas siendo pirata...

Majo.   ¡Jesucristo!

Tío Paco.   Y otro, que don Álvaro era hijo bastardo de
un grande de España y de una reina mora...

Oficial.   ¡Qué disparate!

---

[14] *una peseta columnaria*: moneda de plata acuñada en América que lleva el escudo real entre dos columnas.

[15] *metió mano*: sacó la espada.

[16] *me*: dativo ético o de interés, común en la lengua hablada.

[17] *paso, paso*: poco a poco.

Tío Paco. Y luego dijeron que no, que era... No lo
puedo declarar... Finca... o brinca... Una cosa así... así
como... una cosa muy grande allá de la otra banda.

Oficial. ¿Inca?

Tío Paco. Sí, señor; eso: Inca..., Inca...

Canónigo. Calle usted, tío Paco; no diga sandeces.

Tío Paco. Yo nada digo, ni me meto en honduras; para
mí, cada uno es hijo de sus obras, y en siendo buen
cristiano y caritativo...

Preciosilla. Y generoso y galán.

Oficial. El vejete roñoso del marqués de Calatrava
hace muy mal en negarle su hija.

Canónigo. Señor militar, el señor marqués hace muy
bien. El caso es sencillísimo. Don Álvaro llegó hace
dos meses, y nadie sabe quién es. Ha pedido en casa-
miento a doña Leonor, y el marqués, no juzgándolo
buen partido para su hija, se la ha negado. Parece que
la señorita estaba encaprichadilla, fascinada, y el padre
la ha llevado al campo, a la hacienda que tiene en el
Aljarafe, [18] para distraerla. En todo lo cual el señor
marqués se ha comportado como persona prudente.

Oficial. ¿Y don Álvaro, qué hará?

Canónigo. Para acertarlo, debe buscar otra novia, porque si insiste en sus descabelladas pretensiones, se ex-
pone a que los hijos del señor marqués vengan, el uno
de la universidad y el otro del regimiento, a sacarle de
los cascos los amores de doña Leonor.

Oficial. Muy partidario soy de don Álvaro, aunque no
le he hablado en mi vida, y sentiría verlo empeñado
en un lance con don Carlos, el hijo mayorazgo del marqués. Le he visto el mes pasado en Barcelona, y he
oído contar los dos últimos desafíos que ha tenido, y
ya [19] se le puede ayunar. [20]

---

[18] *el Aljarafe*: Aljarafe, pueblo a poca distancia de Sevilla.

[19] *y ya*. Ed. 1855: ya, y.

[20] *se le puede ayunar*: se le puede mostrar devoción como a
un santo; es decir, respetarle y temerle.

CANÓNIGO. Es uno de los oficiales más valientes del regimiento de Guardias Españolas, donde no se chancea en esto de lances de honor.

HABITANTE PRIMERO. Pues el hijo segundo del señor marqués, el don Alfonso, [21] no le va en zaga. Mi primo, que acaba de llegar de Salamanca, me ha dicho que es el coco de la universidad, más espadachín que estudiante, y que tiene metidos en un puño a los matones sopistas. [22]

MAJO. ¿Y desde cuándo está fuera de Sevilla la señorita doña Leonor?

OFICIAL. Hace cuatro días que se la llevó el padre a su hacienda, sacándola de aquí a las cinco de la mañana, después de haber estado toda la noche hecha la casa un infierno.

PRECIOSILLA. ¡Pobre niña!... ¡Qué linda que es y qué salada!... Negra suerte le espera... Mi madre la dijo la buenaventura, recién nacida, y siempre que la nombra se le saltan las lágrimas... Pues el generoso don Álvaro...

HABITANTE PRIMERO. En nombrando al ruin de Roma, luego asoma... Allí viene don Álvaro.

ESCENA III

Empieza a anochecer, y se va oscureciendo el teatro. Don Álvaro sale embozado en una capa de seda, con un gran sombrero blanco, botines y espuelas; cruza lentamente la escena, mirando con dignidad y melancolía a todos lados, y se va por el puente. Todos le [23] *observan en gran silencio.*

---

[21] *el don Alfonso*: uso coloquial.
[22] *sopistas*: estudiantes que comían la sopa repartida por los conventos a los pobres.
[23] *le*. Ed. 1855: lo.

ESCENA IV

MAJO. ¿Adónde irá a estas horas?

CANÓNIGO. A tomar el fresco al Altozano. [24]

TÍO PACO. Dios vaya con él.

MILITAR. ¿A qué va al Aljarafe?

TÍO PACO. Yo no sé; pero como estoy siempre aquí, de día y de noche, soy un vigilante centinela de cuanto pasa por esta puente... Hace tres días que a media tarde pasa por ella hacia allá un negro con dos caballos de mano, y que don Álvaro pasa a estas horas; y luego a las cinco de la mañana vuelve a pasar hacia acá, siempre a pie, y como media hora después pasa el negro con los mismos caballos llenos de polvo y de sudor.

CANÓNIGO. ¿Cómo?... ¿Qué me cuenta usted, tío Paco?...

TÍO PACO. Yo, nada; digo lo que he visto, y esta tarde ya ha pasado el negro, y hoy no llevaba [25] dos caballos, sino tres.

HABITANTE PRIMERO. Lo que es atravesar el puente hacia allá a estas horas, he visto yo a don Álvaro tres tardes seguidas.

MAJO. Y yo he visto ayer a la salida de Triana al negro con los caballos.

HABITANTE SEGUNDO. Y anoche viniendo yo de San Juan de Alfarache, me paré en medio del olivar a apretar las cinchas a mi caballo, y pasó a mi lado, sin verme y a escape, don Álvaro, como alma que llevan los demonios, y detrás iba el negro. Los conocí por la jaca torda, que no se puede despintar... ¡Cada relámpago que daban las herraduras!...

CANÓNIGO. (*Levantándose y aparte.*) ¡Hola, hola!... Preciso es dar aviso al señor marqués.

---

[24] *Altozano*: plaza de Triana.
[25] *llevaba*. Ed. 1855: lleva.

Militar. Me alegraría de que la niña traspusiese [26] una
noche con su amante y dejara al vejete pelándose las
barbas.

Canónigo. Buenas noches, caballeros; me voy, que empieza a ser tarde. (*Aparte, yéndose.*) Sería faltar a la
amistad no avisar al instante al marqués de que don
Álvaro le ronda la hacienda. Tal vez podemos evitar
una desgracia.

ESCENA V

*El teatro representa una sala colgada de damasco, con
retratos de familia, escudos de armas y los adornos que
se estilaban en el siglo pasado, pero todo deteriorado; y
habrá dos balcones, uno cerrado y otro abierto y practicable, por el que se verá un cielo puro, iluminado por la
luna, y algunas copas de árboles. Se pondrá en medio una
mesa con tapete de damasco, y sobre ella habrá una guitarra, vasos chinescos con flores y dos candeleros de plata
con velas, únicas luces que alumbrarán la escena. Junto
a la mesa habrá un sillón. Por la izquierda entrará el Marqués de Calatrava con una palmatoria en la mano, y detrás de él Doña Leonor, y por la derecha entra la Criada.*

Marqués.   (*Abrazando y besando a su hija.*)
            Buenas noches, hija mía;
            hágate una santa el cielo.
            Adiós, mi amor, mi consuelo,
            mi esperanza, mi alegría.
            No dirás que no es galán   5
            tu padre. No descansara
            si hasta aquí no te alumbrara
            todas las noches... Están
            abiertos estos balcones (*Los cierra.*)
            y entra relente... Leonor...   10

---

[26] *traspusiese*: se fugase.

¿Nada me dice tu amor?
¿Por qué tan triste te pones?

DOÑA LEONOR.   *(Abatida y turbada.)*
Buenas noches, padre mío.

MARQUÉS.   Allá para Navidad
iremos a la ciudad,   15
cuando empiece el tiempo frío.
Y para entonces traeremos
al estudiante, y también
al capitán. Que les den
permiso a los dos haremos.   20
¿No tienes gran impaciencia
por abrazarlos?

DOÑA LEONOR.   ¿Pues no?
¿Qué más puedo anhelar yo?

MARQUÉS.   Los dos lograrán licencia.
Ambos tienen mano franca   25
condición que los abona,
y Carlos, de Barcelona,
y Alfonso, de Salamanca,
ricos presentes te harán.
Escríbeles tú, tontilla,   30
y algo que no haya en Sevilla
pídeles, y lo traerán.

DOÑA LEONOR.   Dejarlo será mejor
a su gusto delicado.

MARQUÉS.   Lo tienen, y muy sobrado;   35
como tú quieras, Leonor.

CURRA.   Si, como a usted, señorita,
carta blanca se me diera,
a don Carlos le pidiera
alguna bata bonita   40
de Francia. Y una cadena
con su broche de diamante
al señorito estudiante,
que en Madrid la hallará buena.

MARQUÉS.   Lo que gustes, hija mía.   45
Sabes que el ídolo eres
de tu padre... ¿No me quieres?

        (La abraza y besa tiernamente.)

DOÑA LEONOR.   *(Afligida.)*
        ¡Padre!... ¡Señor!...

MARQUÉS.   La alegría
        vuelva a ti, prenda del alma;
        piensa que tu padre soy,   50
        y que de continuo estoy
        soñando tu bien... La calma
        recobra, niña... En verdad,
        desde que estamos aquí
        estoy contento de ti.   55
        Veo la tranquilidad
        que con la campestre vida
        va renaciendo en tu pecho,
        y me tienes satisfecho;
        sí, lo estoy mucho, querida.   60
        Ya se me ha olvidado todo;
        eres muchacha obediente,
        y yo seré diligente
        en darte un buen acomodo.
        Sí, mi vida..., ¿quién mejor   65
        sabrá lo que te conviene
        que un tierno padre, que tiene
        por ti el delirio mayor?

DOÑA LEONOR.   *(Echándose en brazos de su padre
        con gran desconsuelo.)*
        ¡Padre amado!... ¡Padre mío!

MARQUÉS.   Basta, basta... ¿Qué te agita?   70
        (Con gran ternura.)
        Yo te adoro, Leonorcita;
        no llores... ¡Qué desvarío!

DOÑA LEONOR.   ¡Padre!... ¡Padre!

MARQUÉS.   *(Acariciándola y desasiéndose de sus
        brazos.)*
                  Adiós, mi bien.
        A dormir, y no lloremos.
        Tus cariñosos extremos   75
        el cielo bendiga. Amén.

*(Vase el Marqués, y queda Leonor
muy abatida y llorosa sentada en el
sillón.)*

ESCENA VI

*Curra va detrás del Marqués, cierra la puerta por donde
aquél se ha ido, y vuelve cerca de Leonor.*

CURRA.	¡Gracias a Dios!... Me temí	
	que todito se enredase,	
	y que señor se quedase	
	hasta la mañana aquí.	80
	¡Qué listo cerró el balcón!...	
	Que por el del palomar	
	vamos las dos a volar	
	le dijo su corazón.	
	Abrirlo sea lo primero;	85
	(Ábrelo.)	
	ahora, lo segundo es	
	cerrar las maletas. Pues	
	salgan ya de su agujero.	
	(Saca Curra unas maletas y ropa y	
	se pone a arreglarlo todo sin que en	
	ello repare Doña Leonor.)	
DOÑA LEONOR.	¡Infeliz de mí!... ¡Dios mío!	
	¿por qué un amoroso padre,	90
	que por mí tanto desvelo	
	tiene, y cariño tan grande,	
	se ha de oponer tenazmente	
	(¡ay, el alma se me parte!...)	
	a que yo dichosa sea	95
	y pueda feliz llamarme?...	
	¿cómo quien tanto me quiere	
	puede tan cruel mostrarse?	
	Más dulce mi suerte fuera	
	si aún me viviera mi madre.	100
CURRA.	¿Si viviera la señora?...	

¡Usted está delirante!...
Más vana que señor era;
señor, al cabo, es un ángel.
¡Pero ella!... Un genio tenía   105
y un copete... Dios nos guarde.
Los señores de esta tierra
son todos de un mismo talle.
Y si alguna señorita
busca un novio que le cuadre,   110
como no esté en pergaminos
envuelto, levantan tales
alaridos... Mas ¿qué importa
cuando hay decisión bastante?...
Pero no perdamos tiempo;   115
venga usted, venga a ayudarme,
porque yo no puedo sola...

DOÑA LEONOR.   ¡Ay, Curra!... ¡Si penetrases
cómo tengo el alma! Fuerza
me falta hasta para alzarme   120
de esta silla... ¡Curra amiga!
Lo confieso, no lo extrañes:
no me resuelvo; imposible...,
es imposible. ¡Ah!... ¡Mi padre!
Sus palabras cariñosas,   125
sus extremos, sus afanes,
sus besos y sus abrazos,
eran agudos puñales
que el pecho me atravesaban.
Si se queda un solo instante,   130
no hubiera más resistido...
Ya iba a sus pies a arrojarme,
y confundida, aterrada,
mi proyecto a revelarle,
y a morir, ansiando sólo   135
que su perdón me acordase.

CURRA.   ¡Pues hubiéramos quedado
frescas, y echado un buen lance!
Mañana vería usted
revolcándose en su sangre,   140

con la tapa de los sesos
levantada, al arrogante,
al enamorado, al noble
don Álvaro. O arrastrarle
como un malhechor, atado,   145
por entre estos olivares,
a la cárcel de Sevilla;
y allá para Navidades,
acaso, acaso en la horca.

DOÑA LEONOR.   ¡Ay, Curra! El alma me partes.   150
CURRA.   Y todo esto, señorita,
porque la desgracia grande
tuvo el infeliz de veros,
y necio de enamorarse
de quien no le corresponde   155
ni resolución bastante
tiene para...

DOÑA LEONOR.   Basta, Curra:
no mi pecho despedaces.
¿Yo a su amor no correspondo?
Que le correspondo sabes...   160
por él, mi casa y familia,
mis hermanos y mi padre
voy a abandonar, y sola...

CURRA.   Sola no, que yo soy alguien,
y también Antonio va,   165
y nunca en ninguna parte
la dejaremos... ¡Jesús!

DOÑA LEONOR.   ¿Y mañana?
CURRA.   Día grande.
Usted, la adorada esposa
será del más adorable,   170
rico y lindo caballero
que puede en el mundo hallarse,
y yo la mujer de Antonio:
y a ver tierras muy distantes
iremos ambas... ¡Qué bueno!   175

DOÑA LEONOR.   ¿Y mi anciano y tierno padre?
CURRA.   ¿Quién? ¿Señor? Rabiará un poco,

pateará, contará el lance
al capitán general
con sus pelos y señales;   180
fastidiará al asistente
y también a sus compadres
el canónigo, el jurado
y los vejetes maestrantes; [27]
saldrán mil requisitorias   185
para buscarnos en balde,
cuando nosotras estemos
ya seguritas en Flandes.
Desde allí escribirá usted,
y comenzará a templarse   190
señor, y a los nueve meses,
cuando sepa hay un infante
que tiene sus mismos ojos
empezará a consolarse.
Y nosotras, chapurrando   195
que no nos entienda nadie,
volveremos de allí a poco,
a que con festejos grandes
nos reciban, y todito
será banquetes y bailes.   200

DOÑA LEONOR. ¿Y mis hermanos del alma?
CURRA.   ¡Toma, toma!... Cuando agarren
del generoso cuñado,
uno, con que hacer alarde
de vistosos uniformes   205
y con que rendir beldades,
y el otro, para libracos,
merendonas y truhanes,
reventarán de alegría.
DOÑA LEONOR. No corre en tus venas sangre.   210
¡Jesús, y qué cosas tienes!
CURRA.   Porque digo las verdades.

----

[27] *maestrantes*: los pertenecientes a la maestranza, la escuela
sevillana de equitación.

DOÑA LEONOR.	¡Ay, desdichada de mí!
CURRA.	Desdicha por cierto grande
	el ser adorado dueño 215
	del mejor de los galanes.
	Pero vamos, señorita,
	ayúdeme usted, que es tarde.
DOÑA LEONOR.	Sí, tarde es, y aún no parece
	don Álvaro... ¡Oh, si faltase 220
	esta noche!... ¡Ojalá! ¡Cielos!...
	Que jamás estos umbrales
	hubiera pasado,[28] fuera
	mejor... No tengo bastante
	resolución..., lo confieso. 225
	Es tan duro el alejarse
	así de su casa... ¡Ay, triste!
	(Mira el reloj y sigue en inquietud.)
	Las doce han dado... ¡Qué tarde
	es ya, Curra! No, no viene.
	¿Habrá en esos olivares 230
	tenido algún mal encuentro?
	Hay siempre en el Aljarafe
	tan mala gente... ¿Y Antonio
	estará alerta?
CURRA.	Indudable
	es que está de centinela... 235
DOÑA LEONOR.	*(Con gran sobresalto.)*
	Curra. ¿Qué suena?... ¿Escuchaste?
CURRA.	Pisadas son de caballos.
DOÑA LEONOR.	*(Corre al balcón.)*
	¡Ay, él es!...
CURRA.	Si que faltase
	era imposible...
DOÑA LEONOR.	*(Muy agitada.)*
	¡Dios mío!
CURRA.	Pecho al agua, y adelante. 240

---

[28] *pasado.* Ed. 1855: pisado.

ESCENA VII

*Don Álvaro, en cuerpo, con una jaquetilla de mangas per-
didas sobre una rica chupa de majo, redecilla, calzón de
ante, etc., entra por el balcón y se echa en brazos de
Leonor.*

DON ÁLVARO. *(Con gran vehemencia.)*
¡Ángel consolador del alma mía!...
¿Van ya los santos cielos
a dar corona eterna a mis desvelos?...
Me ahoga la alegría...
¿Estamos abrazados   245
para no vernos nunca separados?...
Antes, antes la muerte
que de ti separarme y que perderte.

DOÑA LEONOR. *(Muy agitada.)*
¡Don Álvaro!

DON ÁLVARO.   Mi bien, mi Dios, mi todo.
¿Qué te agita y te turba de tal
                              [modo?   250
¿Te turba el corazón ver que tu
                              [amante
se encuentra en este instante
más ufano que el sol?... ¡Prenda
                              [adorada!

DOÑA LEONOR. Es ya tan tarde...

DON ÁLVARO.   ¿Estabas enojada
porque tardé en venir? De mi
                              [retardo   255
no soy culpado, no, dulce señora;
hace más de una hora
que despechado aguardo
por estos rededores [29]

---

[29] *por estos rededores.* Ed. 1855: por estos alrededores, verso
irregular.

la ocasión de llegar, y ya temía   260
que de mi adversa estrella los rigores
hoy deshicieran la esperanza mía.
Mas no, mi bien, mi gloria, mi
                              [consuelo;
protege nuestro amor el santo cielo
y una carrera eterna de ventura,   265
próvido, a nuestras plantas asegura.
El tiempo no perdamos.
¿Está ya todo listo? Vamos, vamos.

CURRA.   Sí; bajo del balcón, Antonio el
                                          [guarda,
las maletas espera;   270
las echaré al momento.
       (Va hacia el balcón.)

DOÑA LEONOR.   *(Resuelta.)*

                              Curra, aguarda,
detente... ¡Ay, Dios! ¿No fuera,
don Álvaro, mejor...?

DON ÁLVARO.   ¿Qué, encanto mío?...
¿Por qué tiempo perder? La jaca
                              [torda,
la que, cual dices tú, los campos
                              [borda,   275
la que tanto te agrada
por su obediencia y brío,
para ti está, mi dueño, enjaezada.
Para Curra, el overo,
para mí, el alazán gallardo y
                              [fiero...   280
¡Oh, loco estoy de amor y de alegría!
En San Juan de Alfarache, preparado
todo, con gran secreto, lo he dejado.
El sacerdote en el altar espera;
Dios nos bendecirá desde su
                              [esfera,   285
y cuando el nuevo sol en el Oriente,
protector de mi estirpe soberana,
numen eterno en la región indiana,

la regia pompa de su trono ostente,
monarca de la luz, padre del día,   290
yo tu esposo seré; tú, esposa mía.

DOÑA LEONOR. Es tan tarde... ¡Don Álvaro!

DON ÁLVARO.   *(A Curra.)*

                                    Muchacha,
¿qué te detiene ya? Corre, despacha
por el balcón esas maletas, luego...

DOÑA LEONOR. *(Fuera de sí.)*
                ¡Curra, Curra, detente!   295
¡Don Álvaro!

DON ÁLVARO.   ¡¡Leonor!!

DOÑA LEONOR.   ¡Dejadlo os ruego
para mañana!

DON ÁLVARO.   ¿Qué?

DOÑA LEONOR.   Más fácilmente...

DON ÁLVARO.   *(Demudado y confuso.)*
¿Qué es esto, qué, Leonor? ¿Te falta
                         [ahora
resolución?... ¡Ay yo desventurado!

DOÑA LEONOR. ¡Don Álvaro! ¡Don Álvaro!

DON ÁLVARO.   ¡Señora!   300

DOÑA LEONOR. ¡Ay! Me partís el alma...

DON ÁLVARO.   Destrozado
tengo yo el corazón... ¿Dónde está,
                         [dónde,
vuestro amor, vuestro firme
                       [juramento?
Mal con vuestra palabra corresponde
tanta irresolución en tal momento.   305
¡Tan súbita mudanza!
No os conozco, Leonor. ¿Llevóse el
                         [viento
de mis delirios [30] toda la esperanza?
Sí, he cegado en el punto

---

[30] *mis delirios.* Ed. 1855: mi delirio.

en que apuntaba [31] el más risueño
[día. 310
Me sacarán difunto
de aquí, cuando inmortal salir creía.
Hechicera engañosa,
¿la perspectiva hermosa
que falaz me ofreciste así
[deshaces? 315
¡Pérfida! ¿Te complaces
en levantarme al trono del Eterno
para después hundirme en el
[infierno?...
¡Sólo me resta ya...!

DOÑA LEONOR.   *(Echándose en sus brazos.)*
No, no; te adoro.
¡Don Álvaro!... ¡Mi bien!... Vamos,
[sí, vamos. 320

DON ÁLVARO.   ¡Oh, mi Leonor!...
CURRA.   El tiempo no perdamos.
DON ÁLVARO.   ¡Mi encanto, mi tesoro!
(Doña Leonor, muy abatida, se apo-
ya en el hombro de Don Álvaro, con
muestras de desmayarse.)
Mas ¿qué es esto? ¡Ay de mí! ¡Tu
[mano yerta!
Me parece la mano de una muerta...
Frío está tu semblante   325
como la losa de un sepulcro helado...

DOÑA LEONOR.   ¡Don Álvaro!
DON ÁLVARO.   ¡Leonor! *(Pausa.)* Fuerza
[bastante
hay para todo en mí... ¡Desventurado!
La conmoción conozco que te agita,
inocente Leonor. Dios no permita   330
que por debilidad en tal momento
sigas mis pasos y mi esposa seas.

---

[31] *apuntaba.* Ed. 1855: alboraba.

Moda femenina en 1835 en el *Correo de las damas*.

Ángel Saavedra, Duque de Rivas, en su juventud.

Renuncio a tu palabra y juramento;
hachas de muerte las nupciales teas
fueran para los dos... Si no me
                            [amas 335
como te amo yo a ti... Si arrepentida...

DOÑA LEONOR.   Mi dulce esposo, con el alma y vida
es tuya tu Leonor; mi dicha fundo
en seguirte hasta el fin del ancho
                            [mundo.
Vamos; resuelta estoy, fijé mi
                            [suerte; 340
separarnos podrá sólo la muerte.

*(Van hacia el balcón, cuando de re-
pente se oye ruido, ladridos y abrir y
cerrar puertas.)*

DOÑA LEONOR.   ¡Dios mío! ¿Qué ruido es éste? ¡Don
Álvaro!

CURRA.   Parece que han abierto la puerta del patio...
y la de la escalera...

DOÑA LEONOR.   ¿Se habrá puesto malo mi padre?...

CURRA.   ¡Qué! No señora; el ruido viene de otra parte.

DOÑA LEONOR.   ¿Habrá llegado alguno de mis hermanos?

DON ÁLVARO.   Vamos, vamos, Leonor; no perdamos ni
un instante.

*(Vuelven hacia el balcón y de repente se ve por él el res-
plandor de hachones de viento y se oye galopar caballos.)*

DOÑA LEONOR.   ¡Somos perdidos! Estamos descubiertos...
Imposible es la fuga.

DON ÁLVARO.   Serenidad es necesaria [32] en todo caso.

CURRA.   ¡La Virgen del Rosario nos valga y las ánimas
benditas!... ¿Qué será de mi pobre Antonio? *(Se asoma al balcón y grita.)* ¡Antonio! ¡Antonio!

DON ÁLVARO.   ¡Calla, maldita! No llames la atención
hacia este lado; entorna el balcón. *(Se acerca el ruido
de puertas y pisadas.)*

DOÑA LEONOR.   ¡Ay, desdichada de mí! Don Álvaro,
escóndete... aquí... en mi alcoba...

---

[32] *necesaria.* Ed. 1855: necesario.

DON ÁLVARO. (*Resuelto.*) No, yo no me escondo... No te abandono en tal conflicto. (*Prepara una pistola.*) Defenderte y salvarte es mi obligación.

DOÑA LEONOR. (*Asustadísima.*) ¿Qué intentas? ¡Ay! Retira esa pistola que me hiela la sangre... ¡Por Dios, suéltala!... ¿La dispararás contra mi buen padre?... ¿Contra alguno de mis hermanos?... ¿Para matar a alguno de los fieles y antiguos criados de esta casa?...

DON ÁLVARO. (*Profundamente confundido.*) No, no, amor mío... La emplearé en dar fin a mi desventurada vida.

DOÑA LEONOR. ¡Qué horror! ¡Don Álvaro!

ESCENA VIII

Ábrese la puerta con estrépito después de varios golpes en ella y entra el Marqués, en bata y gorro, con un espadín desnudo en la mano, y detrás, dos criados mayores con luces.

MARQUÉS. (*Furioso.*) ¡Vil seductor!... ¡Hija infame!

DOÑA LEONOR. (*Arrojándose a los pies de su padre.*) ¡Padre! ¡Padre!

MARQUÉS. ¡No soy tu padre!... ¡Aparta!... ¡Y tú, vil advenedizo!...

DON ÁLVARO. Vuestra hija es inocente... Yo soy el culpado... Atravesadme el pecho. (*Hinca una rodilla.*)

MARQUÉS. Tu actitud suplicante manifiesta lo bajo de tu condición...

DON ÁLVARO. (*Levantándose.*) ¡Señor marqués!... ¡Señor marqués!... [33]

MARQUÉS. (*A su hija.*) Quita, mujer inicua. (*A Curra, que le sujeta el brazo.*) Y tú, infeliz, ¿osas tocar a tu señor? (*A los criados.*) ¡Ea, echaos sobre ese infame, sujetadle, atadle!...

---

[33] Según Pattison, don Álvaro aquí deja pasar una oportunidad de revelar sus orígenes nobles.

DON ÁLVARO. (*Con dignidad.*) Desgraciado del que me pierda el respeto. (*Saca una pistola y la monta.*)

DOÑA LEONOR. (*Corriendo hacia Don Álvaro.*) ¡Don Álvaro!... ¿Qué vais a hacer?

MARQUÉS. ¡Echaos sobre él al punto!

DON ÁLVARO. ¡Ay de vuestros criados si se mueven! Vos sólo tenéis derecho para atravesarme el corazón.

MARQUÉS. ¿Tú morir a manos de un caballero? No; morirás a las del verdugo.

DON ÁLVARO. ¡Señor marqués de Calatrava! Mas, ¡ah!, no; tenéis derecho para todo... Vuestra hija es inocente... Más pura que [34] el aliento de los ángeles que rodean el trono del Altísimo. La sospecha a que puede dar origen mi presencia aquí a tales horas concluya con mi muerte; salga envolviendo mi cadáver como si fuera mi mortaja... Sí, debo morir..., pero a vuestras manos. (*Pone una rodilla en tierra.*) Espero resignado el golpe; no lo resistiré; ya me tenéis desarmado. (*Tira la pistola, que al dar en tierra se dispara y hiere al marqués, que cae moribundo en los brazos de su hija y de los criados, dando un alarido.*)

MARQUÉS. Muerto soy... ¡Ay de mí!...

DON ÁLVARO. ¡Dios mío! ¡Arma funesta! ¡Noche terrible!

DOÑA LEONOR. ¡Padre, padre!

MARQUÉS. Aparta: sacadme de aquí..., donde muera sin que esta vil me contamine con tal nombre...

DOÑA LEONOR. ¡Padre!...

MARQUÉS. ¡Yo te maldigo!

(*Cae Leonor en brazos de Don Álvaro, que la arrastra hacia el balcón.*)

---

[34] *Más pura que.* Ed. 1855: Tan pura como.

JORNADA SEGUNDA

La escena es en la villa de Hornachuelos [35] y sus alrededores.

ESCENA PRIMERA

*Es de noche, y el teatro representa la cocina de un mesón
de* [36] *la villa de Hornachuelos. Al frente estará la chime-
nea y el hogar. A la izquierda, la puerta de entrada; a la
derecha, dos puertas practicables. A un lado, una mesa
larga de pino, rodeada de asientos toscos, y alumbrado
todo por un gran candilón. El Mesonero y el Alcalde
aparecerán sentados gravemente al fuego. La Mesonera,
de rodillas, guisando. Junto a la mesa, el Estudiante,
cantando y tocando la guitarra. El Arriero que habla, cri-
bando cebada en el fondo del teatro. El Tío Trabuco,
tendido en primer término sobre sus jalmas. Los dos
Lugareños, las dos Lugareñas, la Moza y uno de los
Arrieros, que no habla, estarán bailando seguidillas. El
otro Arriero, que no habla, estará sentado junto al Estudiante y jaleando a los que bailan. Encima de la mesa*

---

[35] *Hornachuelos.* Cerca de Córdoba.
[36] *de.* Ed. 1835: en.

habrá una bota de vino, unos vasos y un frasco de aguar-
diente.

ESTUDIANTE.   (*Cantando en voz recia al son de la*
                        guitarra, y las tres parejas bailando con
                        gran algazara.)
                        Poned en estudiantes
                        vuestro cariño,
                        que son, como discretos,
                        agradecidos.   345
                            Viva Hornachuelos,
                        vivan de sus muchachas
                        los ojos negros.
                            Dejad a los soldados,
                        que es gente mala   350
                        y así que dan el golpe
                        vuelven la espalda.
                            Viva Hornachuelos,
                        vivan de sus muchachas
                        los ojos negros.   355

MESONERA. (*Poniendo una sartén sobre la mesa.*) Vamos, vamos, que se enfría... (*A la criada.*) Pepa, al
avío.

ARRIERO. (*El del cribo.*) Otra coplita.

ESTUDIANTE. (*Dejando la guitarra.*) Abrenuncio. [37] Antes de todo, la cena.

MESONERA. Y si después quiere la gente seguir bailando y alborotando, váyanse al corral o a la calle, [38] que
hay una luna clara como de día. Y dejen en silencio el mesón, que si unos quieren jaleo, otros quieren
dormir. Pepa, Pepa... ¿No digo que basta ya de zangoloteo? [39]

TÍO TRABUCO. (*Acostado en sus arreos.*) Tía Colasa,
usted está en lo cierto. Yo, por mí, quiero dormir.

―――――――――

[37] *Abrenuncio*: renuncio. El estudiante emplea jocosamente la
palabra latina *abrenuntio*.
[38] *o a la calle*. Ed. 1855: o la calle.
[39] *zangoloteo*. Ed. 1835: zangoleteo.

MESONERO. Sí, ya basta de ruido. Vamos a cenar. Señor alcalde, eche su merced la bendición y venga a tomar una presita. [40]

ALCALDE. Se agradece, señor Monipodio. [41]

MESONERA. Pero acérquese su merced.

ALCALDE. Que eche la bendición el señor licenciado.

ESTUDIANTE. Allá voy, y no seré largo, que huele el bacallao a gloria. "In nomine Patri et Filii et Spiritu Sancto."

TODOS. Amén. (*Se van acomodando alrededor de la mesa todos menos Trabuco.*)

MESONERA. Tal vez el tomate no estará bastante cocido, y el arroz estará algo duro... Pero con tanta babilonia no se puede.

ARRIERO. Está diciendo "comedme, comedme".

ESTUDIANTE. (*Comiendo con ansia.*) Está exquisito..., especial; parece ambrosía...

MESONERA. Alto allá, señor bachiller; la tía Ambrosia no me gana a mí a guisar ni sirve para descalzarme el zapato; no, señor.

ARRIERO. La tía Ambrosia es más puerca que una telaraña.

MESONERO. La tía Ambrosia es un guiñapo, [42] es un paño de aporrear moscas; se revuelven las tripas de entrar en su mesón, y compararla con mi Colasa no es regular.

ESTUDIANTE. Ya sé yo que la señora Colasa es pulcra, y no lo dije por tanto.

ALCALDE. En toda la comarca de Hornachuelos no hay una persona más limpia que la señora Colasa ni un mesón como este [43] del señor Monipodio.

---

[40] *una presita*: un bocadito.

[41] *Monipodio*: nombre sacado de *Rinconete y Cortadillo* de Cervantes. Comp. Preciosilla, la gitana de la primera jornada, cuyo nombre trae a la memoria Preciosa de *La gitanilla*.

[42] *guiñapo*. Ed. 1835: giñapo.

[43] *este del*. Ed. 1855: el del.

MESONERA. Como que cuantas comidas de boda se hacen en la villa pasan por estas manos que ha de comer la tierra. Y de las bodas de señores, no le parezca a usted, señor bachiller... Cuando se casó el escribano con la hija del regidor...

ESTUDIANTE. Conque se le puede decir a la señora Colasa: "tu das mihi epulis accumbere divum". [44]

MESONERA. Yo no sé latín, pero sé guisar... Señor alcalde, moje siquiera una sopa...

ALCALDE. Tomaré, por no despreciar, una cucharadita de gazpacho, si es que lo hay.

MESONERO. ¿Cómo que si lo hay?

MESONERA. ¿Pues había de faltar donde yo estoy?... ¡Pepa! (A la Moza.) Anda a traerlo. Está sobre el brocal del pozo, desde media tarde, tomando el fresco. (Vase la Moza.)

ESTUDIANTE. (Al Arriero, que está acostado.) ¡Tío Trabuco, hola, tío Trabuco! ¿No viene usted a hacer la razón? [45]

TÍO TRABUCO. No ceno.

ESTUDIANTE. ¿Ayuna usted?

TÍO TRABUCO. Sí, señor, que es viernes.

MESONERO. Pero un traguito...

TÍO TRABUCO. Venga. (Le alarga el Mesonero la bota y bebe un trago el Tío Trabuco.) ¡Ju! Esto es zupia. [46] Alárgueme usted, tío Monipodio, el frasco del aguardiente para enjuagarme la boca. (Bebe y se acurruca.) (Entra la Moza con una fuente de gazpacho.)

MOZA. Aquí está la gracia de Dios.

TODOS. Venga, venga.

ESTUDIANTE. Parece, señor alcalde, que esta noche hay mucha gente forastera en Hornachuelos.

ARRIERO. Las tres posadas están llenas.

---

[44] "Me haces participar en el festín de los dioses." El estudiante adapta una cita de Virgilio (Eneida, I, 79).

[45] hacer la razón: unirse a nosotros.

[46] zupia: mal vino.

ALCALDE.   Como es el jubileo de la Porciúncula, [47] y el
convento de San Francisco de los Ángeles, que está
aquí en el desierto, a media legua corta, es tan famoso…, viene mucha gente a confesarse con el padre
guardián, que es un siervo de Dios.

MESONERA.   Es un santo.

MESONERO.   (*Toma la bota y se pone de pie.*) Jesús, por
la buena compañía, y que Dios nos dé salud y pesetas
en esta vida y la gloria en la eterna. (*Bebe.*)

TODOS.   Amén. (*Pasa la bota de mano en mano.*)

ESTUDIANTE.   (*Después de beber.*) Tío Trabuco, tío Trabuco, ¿está usted ya [48] con los angelitos?

TÍO TRABUCO.   Con las malditas pulgas y con sus voces
de usted, ¿quién puede estar sino con los demonios?

ESTUDIANTE.   Queríamos saber, tío Trabuco, si esa per-
sonilla de alfeñique que ha venido con usted y que se
ha escondido de nosotros viene a ganar el jubileo.

TÍO TRABUCO.   Yo no sé nunca a lo que van ni vienen
los que viajan conmigo.

ESTUDIANTE.   Pero… ¿es gallo o gallina?

TÍO TRABUCO.   Yo, de los viajeros, no miro más que la
moneda, que ni es hembra ni es macho.

ESTUDIANTE.   Sí, es género epiceno; como si dijéramos,
hermafrodita… Pero veo que es usted muy taciturno,
tío Trabuco.

TÍO TRABUCO.   Nunca gasto saliva en lo que no me importa. Y buenas noches, que se me va quedando la
lengua dormida y quiero guardarle el sueño, sonsoniche. [49]

ESTUDIANTE.   Pues, señor, con el tío Trabuco no hay emboque. [50] Dígame usted, nostrama (*A la Mesonera*), ¿por
qué no ha venido a cenar el tal caballerito?

---

[47] *el jubileo de la Porciúncula*: fiesta de los franciscanos cele-
brada el 2 de agosto. Se denomina la Porciúncula la pequeñísi-
ma iglesia franciscana ahora dentro de S. María de los Ángeles
en Asís.

[48] *ya*. Omitida en ed. 1855.

[49] *sonsoniche*: exclamación de impaciencia.

[50] *emboque*: engaño.

MESONERA.   Yo no sé.

ESTUDIANTE.   Pero, vamos, ¿es hembra o varón?

MESONERA.   Que sea lo que sea, lo cierto es que le vi el rostro, por más que se lo recataba, cuando se apeó del mulo, y que lo tiene como un sol, y eso que traía los ojos, de llorar y de polvo, que daba compasión.

ESTUDIANTE.   ¡Oiga!

MESONERA.   Sí, señor, y en cuanto se metió en ese cuarto, volviéndome siempre la espalda, me preguntó cuánto había de aquí al convento de los Ángeles, y yo se lo enseñé desde la ventana, que, como está tan cerca, se ve clarito, y...

ESTUDIANTE.   ¡Hola, conque es pecador que viene al jubileo!

MESONERA.   Yo no sé; luego se acostó, digo se echó en la cama vestido, y bebió antes un vaso de agua con unas gotas de vinagre.

ESTUDIANTE.   Ya; para refrescar el cuerpo.

MESONERA.   Y me dijo que no quería luz, ni cena, ni nada, y se quedó como rezando el Rosario entre dientes. A mí me parece que es persona muy...

MESONERO.   Charla, charla... ¿Quién diablos te mete en hablar de los huéspedes?... ¡Maldita sea tu lengua!

MESONERA.   Como el señor licenciado quería saber...

ESTUDIANTE.   Sí, señora Colasa; dígame usted...

MESONERO.   (*A su mujer.*) ¡Chitón!

ESTUDIANTE.   Pues, señor, volvamos al tío Trabuco. ¡Tío Trabuco, tío Trabuco! (*Se acerca a él y le despierta.*)

TÍO TRABUCO.   ¡Malo!... ¿Me quiere usted dejar en paz?

ESTUDIANTE.   Vamos, dígame usted: esa persona, ¿cómo viene en el mulo, a mujeriegas o a horcajadas?

TÍO TRABUCO.   ¡Ay, qué sangre!... De cabeza.

ESTUDIANTE.   Y, dígame usted: ¿de dónde salió usted esta mañana, de Posadas o de Palma? [51]

---

[51] *Posadas; Palma del Río*: pueblos cerca de Hornachuelos, uno del lado de Córdoba, el otro del lado de Sevilla.

Tío Trabuco.   Yo no sé sino que tarde o temprano voy al cielo.

Estudiante.   ¿Por qué?

Tío Trabuco.   Porque ya me tiene usted en el purgatorio.

Estudiante. (*Se ríe.*) ¡Ah, ah, ah!... ¿Y va usted a Extremadura?

Tío Trabuco. (*Se levanta, recoge sus jalmas y se va con ellas muy enfadado.*) No, señor, a la caballeriza, huyendo de usted, y a dormir con mis mulos, que no saben latín ni son bachilleres.

Estudiante. (*Se ríe.*) ¡Ah, ah, ah! Se afufó... ¡Hola, Pepa, salerosa! ¿Y no has visto tú al escondido?

Moza.   Por la espalda.

Estudiante.   ¿Y en qué cuarto está?

Moza. (*Señala la primera puerta de la derecha.*) En ése...

Estudiante.   Pues ya que es lampiño, vamos a pintarle unos bigotes con tizne... Y cuando se despierte por la mañana reiremos un poco. (*Se tizna los dedos y va hacia el cuarto.*)

Algunos.   Sí..., sí.

Mesonero.   No, no.

Alcalde. (*Con gravedad.*) Señor estudiante, no lo permitiré yo, pues debo proteger a los forasteros que llegan a esta villa y administrarles justicia como a los naturales de ella.

Estudiante.   No lo dije por tanto, señor alcalde...

Alcalde.   Yo, sí. Y no fuera malo saber quién es el señor licenciado, de dónde viene y adónde va, pues parece algo [52] alegre de cascos.

Estudiante.   Si la justicia me lo pregunta de burlas o de veras, no hay inconveniente en decirlo, que aquí se juega limpio. Soy el bachiller Pereda, graduado por Salamanca, "in utroque", [53] y hace ocho años que cur-

---

[52] *algo alegre de cascos.* Ed. 1835: algo que alegre de cascos.

[53] *"in utroque"*: in utroque jure, es decir, tanto en Derecho Canónico como en Derecho Civil.

so sus escuelas, aunque pobre, con honra y no sin fama. Salí de allí hace más de un año, acompañando a mi amigo y protector el señor licenciado Vargas, y fuimos a Sevilla a vengar la muerte de su padre el marqués de Calatrava y a indagar el paradero de su hermana, que se escapó con el matador. Pasamos allí algunos meses, donde también estuvo el hermano mayor, el actual marqués, que es oficial de Guardias. Y como no lograron su propósito, se separaron jurando venganza. Y el licenciado y yo nos vinimos a Córdoba, donde dijeron que estaba la hermana. Pero no la hallamos tampoco, y allí supimos que había muerto en la refriega que armaron los criados del marqués la noche de su muerte con los del robador y asesino, y que éste se había vuelto a América. Con lo que marchamos a Cádiz, donde mi protector, el licenciado Vargas, se ha embarcado para buscar allá al enemigo de su familia. Y yo me vuelvo a mi universidad a desquitar el tiempo perdido y a continuar mis estudios, con los que, y la ayuda de Dios, puede ser que me vea algún día gobernador del Consejo o arzobispo de Sevilla.

ALCALDE. Humos tiene el señor bachiller, y ya basta, pues se ve en su porte y buena explicación que es hombre de bien y que dice verdad.

MESONERA. Dígame usted, señor estudiante: ¿y qué, mataron a ese marqués?

ESTUDIANTE. Sí.

MESONERA. ¿Y lo mató el amante de su hija y luego la robó?... ¡Ay! Cuéntenos su merced esa historia, que será muy divertida; cuéntela su merced...

MESONERO. ¿Quién te mete a ti en saber vidas ajenas? ¡Maldita sea tu curiosidad! Pues que ya hemos cenado, demos gracias a Dios, y a recogerse. (*Se ponen todos de pie* [54] *y se quitan el sombrero, como que rezan.*) Eh, buenas noches; cada mochuelo a su olivo.

ALCALDE. Buenas noches, y que haya juicio y silencio.

---

[54] *de pie.* Ed. 1855: en pie.

ESTUDIANTE. Pues me voy a mi cuarto. (*Se va a meter*
en el del viajero incógnito.)
MESONERO. ¡Hola! No es ése; el de más allá.
ESTUDIANTE. Me equivoqué.
(*Vanse el Alcalde y los Lugareños; entra el Estudiante*
en su cuarto; la Moza, el Arriero y la Mesonera retiran
la mesa y bancos, dejando la escena desembarazada. El
Mesonero se acerca al hogar, y queda todo en silencio
y solos el Mesonero y Mesonera.)

ESCENA II

MESONERO.   Colasa, para medrar
              en nuestro oficio, es forzoso
              que haya en la casa reposo
              y a ninguno incomodar.
              Nunca meterse a oliscar   360
              quiénes los huéspedes son;
              no gastar conversación
              con cuantos llegan aquí;
              servir bien, decir "no" o "sí",
              cobrar la mosca, y chitón.   365
MESONERA.   No, por mí no lo dirás;
              bien sabes que callar sé.
              Al bachiller pregunté...
MESONERO.   Pues eso estuvo de más.
MESONERA.   También ahora extrañarás   370
              que entre en ese cuarto a ver
              si el huésped ha menester
              alguna cosa, marido,
              pues es, sí, lo he conocido,
              una afligida mujer.   375
             (*Toma un candil y entra la Mesonera*
             muy recatadamente en el cuarto.)
MESONERO.   Entra, que entrar es razón,
              aunque temo, a la verdad,
              que vas por curiosidad
              más bien que por compasión.

MESONERA.   (*Saliendo muy asustada.*)
                   ¡Ay, Dios mío! Vengo muerta;   380
                   desapareció la dama;
                   nadie he encontrado en la cama,
                   y está la ventana abierta.
MESONERO.   ¿Cómo? ¿Cómo?... ¡Ya lo sé!...
                   La ventana al campo da,   385
                   y como tan baja está,
                   sin gran trabajo se fue.
                   (*Andando hacia el cuarto donde entró
                   la mujer, quedándose él a la puerta.*)
                   Quiera Dios no haya cargado
                   con la colcha nueva.
MESONERA.   (*Dentro.*)
                                        Nada,
                   todo está aquí... ¡Desdichada!   390
                   Hasta dinero ha dejado...
                   sí, sobre la mesa un duro.
MESONERO.   Vaya entonces en buen hora.
MESONERA.   (*Saliendo a la escena.*)
                   No hay duda: es una señora
                   que se encuentra en grande apuro.   395
MESONERO.   Pues con bien la lleve Dios,
                   y vámonos a acostar,
                   y mañana no charlar;
                   que esto quede entre los dos.
                   Echa un cuarto en el cepillo   400
                   de las ánimas, mujer,
                   y el duro véngame a ver;
                   échamelo en el bolsillo.

ESCENA III

*El teatro representa una plataforma en la ladera de una
áspera montaña. A la izquierda, precipicios y derrumba-
deros. Al frente, un profundo valle atravesado por un
riachuelo en cuya margen se ve, a lo lejos, la villa de
Hornachuelos. terminando el fondo en altas montañas.*

A la derecha, la fachada del convento de los Ángeles, de
pobre y humilde arquitectura. La gran puerta de la igle-
sia, cerrada, pero practicable, y sobre ella, una claraboya
de medio punto, por donde se verá el resplandor de las
luces interiores; más hacia el proscenio, la puerta de la
portería, también practicable y cerrada; en medio de ella,
una mirilla o gatera, que se abra y se cierre, [55] *y al lado,*
el cordón de una campanilla. En medio de la escena ha-
brá una gran cruz de piedra tosca y corroída por el tiem-
po, puesta sobre cuatro gradas que puedan servir de
asiento. Estará todo iluminado por una luna clarísima.
Se oirá dentro de la iglesia el órgano y cantar Maitines
al coro de frailes, y saldrá como subiendo por la izquier-
da Doña Leonor, *muy fatigada y vestida de hombre, con*
un gabán de mangas, sombrero gacho y botines.

DOÑA LEONOR.   Sí..., ya llegué, Dios mío;
                     gracias os doy rendida.   405
            (*Arrodíllase al ver el convento.*)
         En ti, Virgen Santísima, confío;
         sed el amparo de mi amarga vida.
         Este refugio es sólo
         el que puedo tener de polo a polo.
            (*Álzase.*)
         No me queda en la tierra   410
         más asilo y resguardo
         que los áridos riscos de esta sierra;
         en ello estoy... ¿Aún tiemblo y me acobardo?
            (*Mira hacia el sitio por donde ha venido.*)
         ¡Ah!... Nadie me ha seguido
         ni mi fuga veloz notada ha sido.   415
         No me engañé; la horrenda historia mía
         escuché referir en la posada...
         Y ¿quién, cielos, sería
         aquel que la contó? ¡Desventurada!
         Amigo dijo ser de mis hermanos...   420
         ¡Oh cielos soberanos!...

---

[55] *se abra y se cierre.* Ed. 1855: se abre y se cierra.

¿Voy a ser descubierta?
Estoy de miedo y de cansancio muerta.
   (*Se sienta.*) [56]
¡Qué asperezas! ¡Qué hermosa y clara luna!
¡La misma que hace un año   425
vio la mudanza atroz de mi fortuna
y abrirse los infiernos en mi daño!
   (*Pausa larga.*)
No fue ilusión... Aquel que de mí hablaba
dijo que navegaba
don Álvaro, buscando nuevamente   430
los apartados climas de Occidente.
¡Oh Dios! ¿Y será cierto?
Con bien arribe de su patria al puerto.
   (*Pausa.*)
¡Y no murió la noche desastrada
en que yo, yo..., manchada   435
con la sangre infeliz del padre mío,
le seguí..., le perdí... ¿Y huye el impío?
¿Y huye el ingrato?... ¿Y huye y me abandona?
   (*Cae de rodillas.*)
¡Oh Madre santa de piedad! Perdona,
perdona, le olvidé. Sí, es verdadera,   440
lo es, mi resolución. Dios de bondades,
con penitencia austera,
lejos del mundo en estas soledades,
el furor expiaré de mis pasiones.
¡Piedad, piedad, Señor; no me abandones!   445
   (*Queda en silencio y como en profunda
meditación, recostada en las gradas de la
cruz, y después de una larga pausa continúa.*)
Los sublimes acentos de ese coro
de bienaventurados
y los ecos pausados
del órgano sonoro,

---

[56] (*Se sienta.*) Ed. 1855: (*Se sienta mirando en rededor y luego al cielo.*)

que cual de incienso vaporosa nube   450
al trono santo del Eterno sube,
difunden en mi alma
bálsamo dulce de consuelo y calma.
   (*Se levanta resuelta.*)
¿Qué me detengo, pues?... Corro al tranquilo...
corro al sagrado asilo...   455
   (*Va hacia el convento y se detiene.*)
Mas ¿cómo a tales horas?... ¡Ah!... No puedo
ya dilatarlo más; hiélame el miedo
de encontrarme aquí sola. En esa aldea
hay quien mi historia sabe.
En lo posible cabe   460
que descubierta con la aurora sea.
Este santo prelado
de mi resolución está informado,
y de mis infortunios... Nada temo.
Mi confesor de Córdoba hace días   465
que las desgracias mías
le escribió largamente...
Sé de su caridad el noble extremo;
me acogerá indulgente.
¿Qué dudo, pues, qué dudo?...   470
¡Sed, oh Virgen Santísima, mi escudo!
   (*Llega a la portería y toca a la* [57] *campanilla.*)

ESCENA IV

*Se abre la mirilla que está en la puerta, y por ella sale el
resplandor de un farol que da de pronto en el rostro de
Doña Leonor, y ésta se retira como asustada. El Hermano Melitón habla toda esta escena dentro.*

HERMANO MELITÓN.   ¿Quién es?
DOÑA LEONOR.   Una persona a quien le [58] interesa mu-

---

[57] *toca a la.* Ed. 1855: toca la.
[58] *le interesa mucho.* Ed. 1855: interesa mucho.

cho, mucho, ver al instante al reverendo padre guardián.

HERMANO MELITÓN. ¡Buena hora de ver al padre guardián!... La noche está clara, y no será ningún caminante perdido. Si viene a ganar el jubileo, a las cinco se abrirá la iglesia; vaya con Dios; Él le ayude.

DOÑA LEONOR. Hermano, llamad al padre guardián. Por caridad.

HERMANO MELITÓN. ¡Qué caridad a estas horas! El padre guardián está en el coro.

DOÑA LEONOR. Traigo para su reverencia un recado urgente del padre Cleto, definidor del convento de Córdoba, quien ya le ha escrito sobre el asunto de que vengo a hablarle.

HERMANO MELITÓN. ¡Hola!... ¿Del padre Cleto?... ¿Del definidor del convento de Córdoba? Eso es distinto... Iré, iré a decírselo al padre guardián. Pero dígame, hijo, ¿el recado y la carta son sobre aquel asunto con el padre general, que está pendiente allá en Madrid?

DOÑA LEONOR. Es una cosa muy interesante.

HERMANO MELITÓN. Pero ¿para quién?

DOÑA LEONOR. Para la criatura más infeliz del mundo.

HERMANO MELITÓN. ¡Mala recomendación! Pero, bueno, abriré la portería, aunque es contra regla, para que entréis a esperar.

DOÑA LEONOR. No, no, no puedo entrar... ¡Jesús!

HERMANO MELITÓN. Bendito sea su santo nombre... Pero ¿sois algún excomulgado?... Si no, es cosa rara preferir esperar al raso. En fin, voy a dar el recado, que probablemente no tendrá respuesta. Si no vuelvo, buenas noches; ahí a la bajadita está la villa, y hay un buen mesón: el de la tía Colasa. (*Ciérrase la ventanilla y doña Leonor queda muy abatida.*)

ESCENA V

DOÑA LEONOR. ¿Será tan negra y dura
mi suerte miserable,
que este santo prelado
socorro y protección no quiera
[darme?   475
La rígida aspereza
y las dificultades
que ha mostrado el portero
me pasman de terror, hielan mi sangre.
Mas no, si da el aviso   480
al reverendo padre,
y éste es tan docto y bueno
cual dicen todos, volará a ampararme.
¡Oh Soberana Virgen,
de desdichados Madre!   485
Su corazón ablanda
para que venga pronto a consolarme.
    (*Queda en silencio; da la una el re-
loj del convento; se abre la portería, en
la que aparecen el Padre Guardián y el
Hermano Melitón con un farol; éste se
queda en la puerta y aquél sale a la
escena.*)

ESCENA VI

Doña Leonor, el Padre Guardián y el Hermano Melitón.

PADRE GUARDIÁN. El que me busca, ¿quién es?
DOÑA LEONOR. Yo soy, padre, que quería...
PADRE GUARDIÁN. Ya se abrió la portería;   490
entrad en el claustro, pues.
DOÑA LEONOR.   (*Muy asustada.*)
¡Ah!... Imposible, padre; no.

PADRE GUARDIÁN.	¡Imposible!... ¿Qué decís?...
DOÑA LEONOR.	Si que os hable permitís,
	aquí sólo puedo yo. 495
PADRE GUARDIÁN.	Si os envía el padre Cleto,
	hablad, que es mi grande amigo.
DOÑA LEONOR.	Padre, que sea sin testigo,
	porque me importa el secreto.
PADRE GUARDIÁN.	¿Y quién...? Mas ya os
	[entendí. 500
	Retiraos, fray Melitón,
	y encajad ese portón;
	dejadnos solos aquí.
HERMANO MELITÓN.	¿No lo dije? Secretitos.
	Los misterios, ellos solos, 505
	que los demás somos bolos
	para estos santos benditos.
PADRE GUARDIÁN.	¿Qué murmura?
HERMANO MELITÓN.	Que está tan
	premiosa esta puerta..., y luego.
PADRE GUARDIÁN.	Obedezca, hermano lego. 510
HERMANO MELITÓN.	Ya me la echó de guardián.

(Ciérrase la puerta y vase.)

ESCENA VII

Doña Leonor y el Padre Guardián

PADRE GUARDIÁN.	*(Acercándose a Leonor.)*
	Ya estamos, hermano, solos.
	Mas ¿por qué tanto misterio?
	¿No fuera más conveniente
	que entrarais en el convento? 515
	No sé qué pueda impedirlo...
	Entrad, pues, que yo os lo ruego;
	entrad; subid a mi celda;
	tomaréis un refrigerio,
	y después...
DOÑA LEONOR.	No, padre mío. 520

PADRE GUARDIÁN.	¿Qué os horroriza? No entiendo...
DOÑA LEONOR.	(*Muy abatida*.)
	Soy una infeliz mujer.
PADRE GUARDIÁN.	(*Asustado*.)
	¡Una mujer!... ¡Santo cielo!
	¡Una mujer!... A estas horas,
	en este sitio... ¿Qué es esto? 525
DOÑA LEONOR.	Una mujer infelice,
	maldición del universo,
	que a vuestras plantas rendida
	(*Se arrodilla*.)
	os pide amparo y remedio,
	pues vos podéis libertarla 530
	de este mundo y del infierno.
PADRE GUARDIÁN.	Señora, alzad. Que son grandes
	(*La levanta*.)
	vuestros infortunios creo,
	cuando os miro en este sitio
	y escucho tales lamentos. 535
	Pero ¿qué apoyo, decidme,
	qué amparo prestaros puedo
	yo, un humilde religioso
	encerrado en estos yermos?
DOÑA LEONOR.	¿No habéis, padre, recibido 540
	la carta que el padre Cleto...?
PADRE GUARDIÁN.	(*Recapacitando*.)
	¿El padre Cleto os envía?
DOÑA LEONOR.	A vos, cual solo remedio
	de todos mis infortunios,
	si, benigno, los intentos 545
	que a estos montes me conducen
	permitís tengan efecto.
PADRE GUARDIÁN.	(*Sorprendido*.)
	¿Sois doña Leonor de Vargas?
	¿Sois, por dicha...? ¡Dios eterno!
DOÑA LEONOR.	(*Abatida*.)
	¡Os horroriza el mirarme! 550
PADRE GUARDIÁN.	(*Afectuoso*.)
	No, hija mía; no, por cierto,

ni permita Dios que nunca
tan duro sea mi pecho
que a los desgraciados niegue
la compasión y el respeto.   555

DOÑA LEONOR.   ¡Yo lo soy tanto!
PADRE GUARDIÁN.   Señora,
vuestra agitación comprendo.
No es extraño, no. Seguidme,
venid. Sentaos un momento
al pie de esta cruz; su sombra   560
os dará fuerza y consuelo. [59]

    (*Lleva el Guardián a Doña Leonor
y se sientan ambos al pie de la cruz.*)

DOÑA LEONOR.   ¡No me abandonéis, oh padre!
PADRE GUARDIÁN.   No, jamás; contad conmigo.
DOÑA LEONOR.   De este santo monasterio
desde que el término piso,   565
más tranquila tengo el alma,
con más libertad respiro.
Ya no me cercan, cual hace
un año, que hoy se ha cumplido,
los espectros y fantasmas   570
que siempre en redor [60] he visto.
Ya no me sigue la sombra
sangrienta del padre mío,
ni escucho sus maldiciones,
ni su horrenda herida miro,   575
ni...

PADRE GUARDIÁN.   ¡Oh, no lo dudo, hija mía!
Libre estáis en este sitio
de esas vanas ilusiones,
aborto de los abismos.
Las insidias del demonio,   580
las sombras a que da brío
para conturbar al hombre,
no tienen aquí dominio.

---

[59] *consuelo*. Ed. 1855: consuelos.
[60] *en redor*. Ed. 1835: en rededor.

DOÑA LEONOR.	Por eso aquí busco ansiosa
	dulce consuelo y auxilio, 585
	y de la Reina del cielo,
	bajo el regio manto abrigo.
PADRE GUARDIÁN.	Vamos despacio, hija mía;
	el padre Cleto me ha escrito
	la resolución tremenda 590
	que al desierto os ha traído;
	pero no basta.
DOÑA LEONOR.	Sí basta;
	es inmutable..., lo fío;
	es inmutable.
PADRE GUARDIÁN.	¡Hija mía!
DOÑA LEONOR.	Vengo resuelta, lo he dicho, 595
	a sepultarme por siempre
	en la tumba de estos riscos.
PADRE GUARDIÁN.	¡Cómo!
DOÑA LEONOR.	¿Seré la primera?...
	No lo seré, padre mío.
	Mi confesor me ha informado 600
	de que en este santo sitio
	otra mujer infelice
	vivió muerta para el siglo. [61]
	Resuelta a seguir su ejemplo,
	vengo en busca de su asilo: 605
	dármelo, sin duda, puede
	la gruta que la dio abrigo;
	vos, la protección y amparo
	que para ello necesito,
	y la soberana Virgen, 610
	su santa gracia y su auxilio.
PADRE GUARDIÁN.	No os engañó el padre Cleto,
	pues diez años ha vivido
	una santa penitente
	en este yermo tranquilo, 615

---

[61] Se trata de una leyenda local que Rivas habrá conocido por tradición oral, ya que tenía una hermosa finca cerca de Hornachuelos.

de los hombres ignorada,
de penitencias prodigio.
En nuestra iglesia sus restos
están, y yo los estimo
como la joya más rica   620
de esta casa, que, aunque indigno,
gobierno en el santo nombre
de mi padre San Francisco.
La gruta que fue su albergue,
y a que reparos precisos   625
se le hicieron, está cerca
en ese hondo precipicio.
Aún existen en su seno
los humildes utensilios
que usó la santa; a su lado,   630
un arroyo cristalino
brota apacible.

DOÑA LEONOR.   Al momento
llevadme allá, padre mío.

PADRE GUARDIÁN.   ¡Oh doña Leonor de Vargas!
¿Insistís?

DOÑA LEONOR.   Sí, padre, insisto.   635
Dios me manda...

PADRE GUARDIÁN.   Raras veces
Dios tan grandes sacrificios
exige de los mortales.
¡Y ay de aquel que de un delirio
en el momento, hija mía,   640
tal vez se engaña a sí mismo!
Todas las tribulaciones
de este mundo fugitivo
son, señora, pasajeras:
al cabo encuentran alivio.   645
Y al Dios de bondad se sirve
y se le aplaca lo mismo
en el claustro, en el desierto,
de la corte en el bullicio,
cuando se le entrega el alma   650
con fe viva y pecho limpio.

DOÑA LEONOR.	No es un acaloramiento,
	no un instante de delirio,
	quien [62] me sugirió la idea
	que a buscaros me ha traído. 655
	Desengaños de este mundo
	y un año, ¡ay, Dios!, de suplicios,
	de largas meditaciones,
	de continuados peligros,
	de atroces remordimientos, 660
	de reflexiones conmigo,
	mi intención han madurado
	y esfuerzo me han concedido
	para hacer voto solemne
	de morir en este sitio. 665
	Mi confesor venerable,
	que ya mi historia os ha escrito,
	el padre Cleto, a quien todos
	llaman santo, y con motivo,
	mi resolución aprueba, 670
	aunque, cual vos, al principio
	trató de desvanecerla
	con sus doctos raciocinios,
	y a vuestras plantas me envía
	para que me deis auxilio. 675
	No me abandonéis, ¡oh padre!,
	por el cielo os lo suplico;
	mi resolución es firme;
	mi voto, inmutable y fijo,
	y no hay fuerza en este mundo 680
	que me saque de estos riscos.
PADRE GUARDIÁN.	Sois muy joven, hija mía.
	¿Quién lo que el cielo propicio
	aún os [63] puede guardar sabe?
DOÑA LEONOR.	Renuncio a todo, lo he dicho. 685
PADRE GUARDIÁN.	Acaso aquel caballero...
DOÑA LEONOR.	¿Qué pronunciáis?... ¡Oh martirio!

---

[62] *quien*: uso arcaico.
[63] *os*. Ed. 1855: nos.

Aunque inocente, manchado
con sangre del padre mío
está, y nunca, nunca...

PADRE GUARDIÁN.   Entiendo.   690
Mas de vuestra casa el brillo,
vuestros hermanos...

DOÑA LEONOR.   Mi muerte
sólo anhelan, vengativos.

PADRE GUARDIÁN. ¿Y la bondadosa tía
que en Córdoba os ha tenido   695
un año oculta?

DOÑA LEONOR.   No puedo,
sin ponerla en compromiso,
abusar de sus bondades.

PADRE GUARDIÁN. ¿Y que más seguro asilo
no fuera, y más conveniente,   700
con las esposas de Cristo,
en un convento?...

DOÑA LEONOR.   No, padre;
son tantos los requisitos
que para entrar en el claustro
se exigen... y..., ¡oh, no, Dios mío!,
                                        [705
aunque me encuentro inocente
no puedo, tiemblo al decirlo,
vivir sino donde nadie
viva y converse conmigo.
Mi desgracia en toda España   710
suena de modo distinto,
y una alusión, una seña,
una mirada, suplicios
pudieran ser que me hundieran
del despecho en el abismo.   715
No, ¡jamás!... Aquí, aquí sólo;
si no me acogéis benigno,
piedad pediré a las fieras
que habitan en estos riscos,
alimento a estas montañas,   720
vivienda a estos precipicios.

No salgo de este desierto;
una voz hiere mi oído,
voz del cielo, que me dice:
"Aquí, aquí", y aquí respiro.   725
   (*Se abraza con la cruz.*) [64]
No, no habrá fuerzas humanas
que me arranquen de este sitio.

PADRE GUARDIÁN.   (*Levantándose y aparte.*)
¿Será verdad, Dios eterno?
¿Será tan grande y tan alta
la protección que concede   730
Vuestra Madre Soberana
a mí, pecador indigno,
que cuando soy de esta casa
humilde prelado venga
con resolución tan santa   735
otra mujer penitente
a ser luz de estas montañas?
¡Bendito seáis, Dios eterno,
cuya omnipotencia narran
estos [65] cielos estrellados,   740
escabel de vuestras plantas! (*Pausa.*) [66]
¿Vuestra vocación es firme?...
          [(*A Leonor.*) [66]
¿Sois tan bienaventurada?...

DOÑA LEONOR. Es inmutable, y cumplirla
la voz del cielo me manda.   745

PADRE GUARDIÁN. Sea, pues, bajo el amparo
de la Virgen Soberana.
   (*Extiende una mano sobre ella.*)

DOÑA LEONOR.   (*Arrojándose a las plantas del Padre Guardián.*)
¿Me acogéis?... ¡Oh Dios!... ¡Oh
          [dicha!

---

[64] Obsérvese cómo la acotación subraya el simbolismo de la escena. Véase la Introducción.

[65] *estos.* Ed. 1855: esos.

[66] Ed. 1855 suprime estas acotaciones.

                    ¡Cuán feliz vuestras palabras
                    me hacen en este momento!...   750
PADRE GUARDIÁN.   (*Levantándola*.)
                    Dad a la Virgen las gracias.
                    Ella es quien asilo os presta
                    a la sombra de su casa.
                    No yo, pecador protervo,
                    vil gusano, tierra, nada.   755
                    (*Pausa*.)
DOÑA LEONOR.   Y vos, tan sólo vos, ¡oh padre mío!,
                    sabréis que habito en estas asperezas,
                    no otro ningún mortal.
PADRE GUARDIÁN.   Yo solamente
                    sabré quién sois. Pero que avise es
                                                [fuerza
                    a la comunidad de que la ermita 760
                    está ocupada y de que vive en ella
                    una persona penitente. Y nadie,
                    bajo precepto santo de obediencia,
                    osará aproximarse de cien pasos,
                    ni menos penetrar la humilde cerca
                                                [765
                    que a gran distancia la circunda en
                                                [torno.
                    La mujer santa, antecesora vuestra,
                    sólo fue conocida del prelado,
                    también mi antecesor. Que mujer era
                    lo supieron los otros religiosos   770
                    cuando se celebraron sus exequias.
                    Ni yo jamás he de volver a veros;
                    cada semana, sí, con gran reserva,
                    yo mismo os dejaré junto a la fuente
                    la escasa provisión; de recogerla 775
                    cuidaréis vos... Una pequeña esquila,
                    que está sobre la puerta con su
                                                [cuerda,
                    calando a lo interior, tocaréis sólo
                    de un gran peligro en la ocasión
                                                [extrema

o en la hora de la muerte. Su sonido,
[780
a mí, o al que, cual yo, prelado sea,
avisará, y espiritual socorro
jamás os faltará... No, nada tema.
La Virgen de los Ángeles os cubre
con su manto; será vuestra defensa
[785
el ángel del Señor.

DOÑA LEONOR.   Mas mis hermanos...
O bandidos tal vez...

PADRE GUARDIÁN.   Y ¿quién pudiera
atreverse, hija mía, sin que al punto
sobre él tronara la venganza eterna?
Cuando vivió la penitente antigua 790
en ese [67] mismo sitio adonde os lleva
gracia especial del brazo omnipotente,
tres malhechores, con audacia ciega,
llegar quisieron al albergue santo;
al momento una horrísona tormenta
[795
se alzó, enlutando el indignado cielo,
y un rayo desprendido de la esfera
hizo ceniza a dos de los bandidos,
y el tercero, temblando, a nuestra
[iglesia 800
acogióse, vistió el escapulario,
y murió a los dos meses.

DOÑA LEONOR.   Bien, ¡oh padre!,
pues que encontré donde esconderme
[pueda
a los ojos del mundo, conducidme,
sin tardanza llevadme...

PADRE GUARDIÁN.   Al punto sea,
[805
que ya la luz del alba se avecina.
Mas antes entraremos en la iglesia;

---

[67] *ese*. Ed. 1855: este.

recibiréis mi absolución, y luego
el pan de vida y de salud eterna.
Vestiréis el sayal de San Francisco,
                                    [810
y os daré avisos que importaros
                                    [puedan
para la santa y penitente vida
a que con gloria tanta estáis resuelta.

ESCENA VIII

PADRE GUARDIÁN.   ¡Hola!... Hermano Melitón.
                        ¡Hola!... Despierte le digo;   815
                        de la iglesia abra el postigo.
HERMANO MELITÓN.   (Dentro.)
                        Pues qué, ¿ya las cinco son?...
                           (Sale bostezando.)
                        Apostaré a que no han dado.
                           (Bosteza.)
PADRE GUARDIÁN.   La iglesia abra.
HERMANO MELITÓN.   No es de día.
PADRE GUARDIÁN.   ¿Replica?... ¡Por vida mía!...   820
HERMANO MELITÓN.   ¿Yo? En mi vida he replicado.
                        Bien podía el penitente
                        hasta las cinco esperar;
                        difícil será encontrar
                        un pecador tan urgente.   825
                           (Vase.) [68]
PADRE GUARDIÁN.   (Conduciendo a Leonor hacia la
                        iglesia.)
                        Vamos al punto, vamos.
                        En la casa de Dios, hermana,
                                                    [entremos
                        su nombre bendigamos,
                        en su misericordia confiemos.

[68] (Vase.) Ed. 1855: (Vase y en seguida se oye descorrer el
cerrojo de la puerta de la iglesia y se la ve abrirse lentamente.)

JORNADA TERCERA

La escena es en Italia, en Veletri [69] y sus alrededores

El teatro representa una sala corta, alojamiento de oficiales abandonados. [70] En las paredes estarán colgados en desorden uniformes, capotes, sillas de caballos, armas, etc.; en medio habrá una mesa con tapete verde, dos candeleros de bronce con velas de sebo; cuatro oficiales alrededor, uno de ellos con la baraja en la mano; y habrá otras sillas desocupadas.

ESCENA PRIMERA

PEDRAZA. (*Entra muy de prisa.*) [71] ¡Qué frío está esto!
OFICIAL PRIMERO.   Todos se han ido en cuanto me han

---

[69] *Veletri.* (Ed. 1835: Beletri): ciudad a unos cuarenta kilómetros al sureste de Roma. Estamos en medio de la Guerra de Sucesión austríaca. En junio-agosto de 1744 el rey Carlos de Nápoles, el futuro rey Carlos III de España, se encontró frente a los austríacos cerca de Veletri. Hubo varias escaramuzas, de las que una ofrece el supuesto escenario para la esc. VI. Por fin, el 10 de agosto, atacaron los austríacos (jornada IV, esc. VII), siendo derrotados y obligados a huir.

[70] *abandonados* (ed. 1855: calaveras): libertinos.

[71] (*Entra muy de prisa.*) Ed. 1835: Entra muy deprisa el teniente Pedraza.

desplumado; no he conseguido tirar ni una buena talla.

PEDRAZA.   Pues precisamente va a venir un gran punto, y si ve esto tan desierto y frío...

OFICIAL PRIMERO.   ¿Y quién es el pájaro?

TODOS.   ¿Quién?

PEDRAZA.   El ayudante del general, ese teniente coronel que ha llegado esta tarde con la orden de que al amanecer estemos sobre las armas. Es gran aficionado, tiene mucho rumbo y, a lo que parece, es blanquito. [72] Hemos cenado juntos en casa de la coronela, a quien ya le está echando requiebros, y el taimado de nuestro capellán le [73] marcó por suyo. Le convidó con que viniera a jugar, y ya lo trae hacia aquí.

OFICIAL PRIMERO.   Pues, señores, ya es éste otro cantar. Ya vamos a ser todos unos... ¿Me entienden ustedes?

TODOS.   Sí, sí; muy bien pensado.

OFICIAL SEGUNDO.   Como que es de plana mayor, y será contrario de los pobres pilíes. [74]

OFICIAL CUARTO.   A él, y duro.

OFICIAL PRIMERO.   Pues para jugar con él tengo baraja preparada, más obediente que un recluta y más florida [75] que el mes de mayo... (*Saca una baraja del bolsillo.*) Y aquí está.

OFICIAL TERCERO.   ¡Qué fino es usted, camarada!

OFICIAL PRIMERO.   No hay que jugar ases ni figuras. [76] Y al avío, que ya suena gente en la escalera. Tiro, tres a la derecha, nueve a la izquierda.

---

[72] *blanquito*: ingenuo, fácil de engañar.
[73] *le*. Ed. 1855: lo.
[74] *pilíes* (jerga): oficiales de rango subalterno.
[75] *florida*: preparada para hacer trampas.
[76] En el juego de las veintiuna, que es la que aquí se juega, son las cartas que dan más posibilidades de ganar. Don Carlos no debe cogerlas.

ESCENA II

Don Carlos de Vargas y el Capellán

CAPELLÁN.	Aquí viene, compañeros, 830
	un rumboso aficionado.
TODOS.	Sea, pues, muy bien llegado.
	(*Levantándose y volviéndose a sentar.*)
DON CARLOS.	Buenas noches, caballeros.
	(*Aparte.*)
	¡Qué casa tan indecente!
	Estoy, ¡vive Dios!, corrido 835
	de verme comprometido
	a alternar con esta gente.
OFICIAL PRIMERO.	Sentaos.
	(*Se sienta Don Carlos, haciéndole todos lugar.*)
CAPELLÁN.	(*Al banquero.*)
	Señor capitán,
	¿y el concurso?
OFICIAL PRIMERO.	(*Barajando.*)
	Se afufó [77]
	en cuanto me desbancó; 840
	toditos repletos van.
	Se declaró un juego eterno
	que no he podido quebrar,
	y siempre salió a ganar
	una sota del infierno. 845
	Veinte y dos veces salió,
	y jamás a la derecha.
OFICIAL SEGUNDO.	El que nunca se aprovecha
	de tales gangas soy yo.
OFICIAL TERCERO.	Y yo, en el juego contrario 850
	me empeñé, que nada vi,
	y ya sólo estoy aquí

[77] *Se afufó*: desapareció.

	para rezar el rosario.
CAPELLÁN.	Vamos.
PEDRAZA.	Vamos.
OFICIAL PRIMERO.	Tiro.
DON CARLOS.	Juego.
OFICIAL PRIMERO.	Tiro, a la derecha, el as, 855
	y a la izquierda, la sotita.
OFICIAL SEGUNDO.	¡Ya salió la muy maldita,
	por vida de Barrabás!...
OFICIAL PRIMERO.	Rey a la derecha, nueve
	a la izquierda.
DON CARLOS.	Yo lo gano. 860
OFICIAL PRIMERO.	(Paga.)
	¡Tengo apestada la mano!
	Tres onzas; nada se debe.
	A la derecha, la sota.
OFICIAL CUARTO.	Ya quebró.
OFICIAL TERCERO.	Pegarle fuego.
OFICIAL PRIMERO.	A la izquierda, siete.
DON CARLOS.	Juego. 865
OFICIAL SEGUNDO.	Sólo el verlo [78] me rebota. [79]
DON CARLOS.	Copo.
CAPELLÁN.	¿Con carta tapada?
OFICIAL PRIMERO.	Tiro a la derecha el tres.
PEDRAZA.	¡Qué bonita carta es!
OFICIAL PRIMERO.	Cuando sale descargada. 870
DON CARLOS.	A la izquierda, el cinco.
	(Levantándose y sujetando la baraja.) [80]
	No;
	con tiento, señor banquero.
	(Vuelve su carta.)
	Que he ganado mi dinero,
	y trampas no sufro yo.
OFICIAL PRIMERO.	¿Cómo trampas?... ¿Quién osar?...
	[875

[78] verlo. Ed. 1855: verla.
[79] me rebota: me enfurece.
[80] Ed. 1855: (Sujetando la mano del que talla.)

DON CARLOS.	Yo; pegado tras el cinco
	está el caballo; buen brinco
	le hicisteis, amigo, dar.
OFICIAL PRIMERO.	Soy hombre pundonoroso,
	y esto una casualidad... 880
DON CARLOS.	Ésta es una iniquidad;
	vos, un taimado tramposo.
PEDRAZA.	Sois un loco, un atrevido.
DON CARLOS.	Vos, un vil, y con la espada...
TODOS.	Ésta es una casa honrada. 885
CAPELLÁN.	Por Dios, no hagamos rüido.
DON CARLOS.	(*Echando a rodar la mesa.*)
	Abreviemos de razones.
TODOS.	(*Tomando las espadas.*)
	¡Muera, muera el insolente!
DON CARLOS.	(*Sale defendiéndose.*)
	¿Qué puede con un valiente
	una cueva de ladrones? 890
	(*Vanse acuchillando, y dos o tres*
	soldados retiran la mesa, las sillas y
	desembarazan la escena.)

ESCENA III

El teatro representa una selva en noche muy oscura. Aparece al fondo Don Álvaro, solo, vestido de capitán de granaderos; se acerca lentamente y dice con gran agitación

DON ÁLVARO.	(*Solo.*)
	¡Qué carga tan insufrible
	es el ambiente vital
	para el mezquino mortal
	que nace en signo terrible!
	¡Qué eternidad tan horrible 895
	la breve vida! Este mundo,
	¡qué calabozo profundo
	para el hombre desdichado
	a quien mira el cielo airado

con su ceño furibundo!   900
Parece, sí, que a medida
que es más dura y más amarga,
más extiende, más alarga
el destino nuestra vida.
Si nos está concedida   905
sólo para padecer,
y debe muy breve ser
la del feliz, como en pena
de que su objeto no llena,
¡terrible cosa es nacer!   910
Al que tranquilo, gozoso,
vive entre aplausos y honores,
y de inocentes amores
apura el cáliz sabroso;
cuando es más fuerte y brioso,   915
la muerte sus dichas huella,
sus venturas atropella;
y yo, que infelice soy,
yo, que buscándola voy,
no puedo encontrar con ella.   920
    Mas ¿cómo la he de obtener,
¡desventurado de mí!,
pues cuando infeliz nací,
nací para envejecer?
Si aquel día de placer   925
(que uno solo he disfrutado),
fortuna hubiese fijado,
¡cuán pronto muerte precoz
con su guadaña feroz
mi cuello hubiera segado!   930
    Para engalanar mi frente,
allá en la abrasada zona,
con la espléndida corona
del imperio de Occidente,
amor y ambición ardiente   935
me engendraron de concierto,
pero con tal desacierto,
con tan contraria fortuna,

que una cárcel fue mi cuna
y fue mi escuela el desierto.   940
   Entre bárbaros crecí,
y en la edad de la razón,
a cumplir la obligación
que un hijo tiene acudí;
mi nombre ocultando, fui   945
(que es un crimen) a salvar
la vida, y así pagar
a los que a mí me la dieron,
que un trono soñando vieron
y un cadalso al despertar.   950
   Entonces, risueño un día,
uno solo, nada más,
me dio el destino, quizás
con intención más impía.
Así en la cárcel sombría   955
mete una luz el sayón,
con la tirana intención
de que un punto el preso vea
el horror que le [81] rodea
en su espantosa mansión.   960
   ¡Sevilla! ¡Guadalquivir!
¡Cuál atormentáis mi mente!...
¡Noche en que vi de repente
mis breves dichas huir!
¡Oh, qué carga es el vivir!   965
¡Cielos, saciad el furor!...
Socórreme, mi Leonor,
gala del suelo andaluz,
que ya eres ángel de luz
junto al trono del Señor.   970
   Mírame desde tu altura
sin nombre en extraña tierra,
empeñado en una guerra
por ganar mi sepultura.
¡Qué me importa, por ventura,   975

---

[81] *le.* Ed. 1855: lo.

que triunfe Carlos [82] o no?
¿Qué tengo de Italia en pro?
¿Qué tengo? ¡Terrible suerte!
Que en ella reina la muerte,
y a la muerte busco yo.   980
　　¡Cuánto, oh Dios, cuánto se engaña
el que elogia mi ardor ciego,
viéndome siempre en el fuego
de esta extranjera campaña!
Llámanme la prez de España,   985
y no saben que mi ardor
sólo es falta de valor,
pues busco ansioso el morir
por no osar el resistir
de los astros el furor.   990
　　Si el mundo colma de honores
al que mata a su enemigo,
el que lo lleva consigo,
¿por qué no puede...?
　　　　　(Óyese ruido de espadas.)

DON CARLOS.　　(Dentro.)
　　　　　　　　　　　　　　¡Traidores!

VOCES.　　　　(Dentro.)
¡Muera!

DON CARLOS.　　(Dentro.)
　　　　　¡Viles!

DON ÁLVARO.　　(Sorprendido.)
　　　　　　　　¡Qué clamores!   995

DON CARLOS.　　(Dentro.)
¡Socorro!

DON ÁLVARO.　　(Desenvainando la espada.)
　　　　　Dárselo quiero,
que oigo crujir el acero,
y si a los peligros voy
porque desgraciado soy,
también voy por caballero.   1000

---

[82] Véase la nota 69.

(*Éntrase; suena ruido de espadas; atra-
viesan dos hombres la escena como fugi-
tivos, y vuelven a salir Don Álvaro y Don
Carlos.*)

ESCENA IV

Don Álvaro y Don Carlos, con las espadas desnudas

DON ÁLVARO.	Huyeron..., ¿estáis herido?
DON CARLOS.	Mil gracias os doy, señor;
	sin vuestro heroico valor,
	de cierto estaba perdido,
	y no fuera maravilla: 1005
	eran siete contra mí,
	y cuando grité, me vi
	en tierra ya una rodilla.
DON ÁLVARO.	¿Y herido estáis?
DON CARLOS.	(*Reconociéndose.*)
	Nada siento.
	(*Envainan.*)
DON ÁLVARO.	¿Quiénes eran?
DON CARLOS.	Asesinos. 1010
DON ÁLVARO.	¿Cómo osaron, tan vecinos
	de un militar campamento?...
DON CARLOS.	Os lo diré francamente:
	fue contienda sobre el juego.
	Entré sin pensarlo, ciego, 1015
	en un casuco indecente...
DON ÁLVARO.	Ya caigo; aquí, a mano diestra...
DON CARLOS.	Sí.
DON ÁLVARO.	Que extrañe perdonad
	que un hombre de calidad,
	cual vuestro esfuerzo demuestra, 1020
	entrara en tal gazapón, [83]

---

[83] *gazapón:* casa de juego.

	donde sólo va la hez,	
	la canalla más soez,	
	de la milicia borrón.	
Don Carlos.	Sólo el ser recién llegado	1025
	puede, señor, disculparme;	
	vinieron a convidarme,	
	y accedí desalumbrado.	
Don Álvaro.	¿Conque ha poco estáis aquí?	
Don Carlos.	Diez días ha que llegué	1030
	a Italia; dos sólo que	
	al cuartel general fui.	
	Y esta tarde al campamento	
	con comisión especial	
	llegué de mi general,	1035
	para el reconocimiento	
	de mañana. Y si no fuera	
	por vuestra espada y favor,	
	mi carrera sin honor	
	ya estuviera terminada.	1040
	Mi gratitud sepa, pues,	
	a quién la vida he debido,	
	porque el ser agradecido	
	la obligación mayor es	
	para el hombre bien nacido.	1045
Don Álvaro.	(Con indiferencia.)	
	Al acaso.	
Don Carlos.	(Con expresión.)	
	Que me deis	
	vuestro nombre a suplicaros	
	me atrevo. Y para obligaros,	
	primero el mío sabréis.	
	(Aparte.)	
	Siento no decir verdad:	1050
	Soy don Félix de Avendaña,	
	que he venido a esta campaña	
	sólo por curiosidad.	
	Soy teniente coronel,	
	y del general Briones	1055
	ayudante: relaciones	

	tengo de sangre con él.	
DON ÁLVARO.	(*Aparte.*)	
	¡Qué franco es y qué expresivo!	
	¡Me cautiva el corazón!	
DON CARLOS.	Me parece que es razón	1060
	que sepa yo por quién vivo,	
	pues de [84] gratitud es ley.	
DON ÁLVARO.	Soy... don Fadrique de Herreros,	
	capitán de granaderos	
	del regimiento del Rey.	1065
DON CARLOS.	(*Con grande admiración y entusiasmo.*)	
	¿Sois —¡grande dicha es la mía!—	
	del ejército español	
	la gloria, el radiante sol	
	de la hispana valentía?	
DON ÁLVARO.	Señor...	
DON CARLOS.	Desde que llegué	1070
	a Italia, sólo elogiaros	
	y prez de España llamaros	
	por dondequiera escuché.	
	Y de español tan valiente	
	anhelaba la amistad.	1075
DON ÁLVARO.	Con ella, señor, contad,	
	que me honráis muy altamente.	
	Y según os he encontrado	
	contra tantos combatiendo	
	bizarramente, comprendo	1080
	que seréis muy buen soldado.	
	Y la gran cortesanía	
	que en vuestro trato mostráis	
	dice a voces que gozáis	
	de aventajada hidalguía.	1085
	(*Empieza a amanecer.*)	
	Venid, pues, a descansar	
	a mi tienda.	
DON CARLOS.	Tanto honor	
	será muy corto, señor,	

[84] *de gratitud.* Ed. 1855: la gratitud.

      que el alba empieza a asomar.
        (*Se oye a lo lejos tocar generala a*[85]
      bandas de tambores.)

DON ÁLVARO. Y por todo el campamento   1090
      de los tambores el son
      convoca a la formación.
      Me voy a mi regimiento.

DON CARLOS. Yo también, y a vuestro lado
      asistiré en la pelea,   1095
      donde os admire y os vea
      como a mi ejemplo y dechado.

DON ÁLVARO. Favorecedor y amigo,
      si sois cual cortés valiente,
      yo de vuestro arrojo ardiente   1100
      seré envidioso testigo.
        (*Vanse.*)

ESCENA V

El teatro representa un risueño campo de Italia, al amanecer; se verá a lo lejos el pueblo de Veletri y varios puestos militares; algunos cuerpos de tropa cruzan la escena, y luego sale una compañía de Infantería con el Capitán, el Teniente y el Subteniente. Don Carlos sale a caballo con una ordenanza detrás y coloca la compañía a un lado, avanzando una guerrilla al fondo del teatro.

DON CARLOS. Señor capitán, permaneceréis aquí hasta nueva orden; pero si los enemigos arrollan las guerrillas y se dirigen a esa altura donde está la compañía de Cantabria, marchad a socorrerla a todo trance.

CAPITÁN. Está bien; cumpliré con mi obligación. (*Vase Don Carlos.*)

---

[85] *a bandas.* Ed. 1855: a las bandas.

ESCENA VI

CAPITÁN.   Granaderos, en su lugar, descanso. Parece que lo entiende este ayudante.

(*Salen los oficiales de las filas y se reúnen, mirando con un anteojo hacia donde suena rumor de fusilería.*)

TENIENTE.   Se va galopando al fuego como un energúmeno, y la acción se empeña más y más.

SUBTENIENTE.   Y me parece que ha de ser muy valiente.

CAPITÁN.   (*Mirando con el anteojo.*) Bien combaten los granaderos del Rey.

TENIENTE.   Como que llevan a la cabeza a la prez de España, al valiente don Fadrique de Herreros, que pelea como un desesperado.

SUBTENIENTE.   (*Tomando el anteojo y mirando con él.*) Pues los alemanes cargan a la bayoneta, y con brío; adiós, que nos desalojan de aquel puesto. (*Se aumenta el tiroteo.*)

CAPITÁN.   (*Toma el anteojo.*) A ver, a ver... ¡Ay! Si no me engaño, el capitán de granaderos del Rey ha caído o muerto o [86] herido; lo veo claro, claro.

TENIENTE.   Yo distingo que se arremolina la compañía... y creo que retrocede.

SOLDADOS.   ¡A ellos, a ellos!

CAPITÁN.   ¡Silencio! ¡Firmes! (*Vuelve a mirar con el anteojo.*) Las guerrillas también retroceden.

SUBTENIENTE.   Uno corre a caballo hacia allá.

CAPITÁN.   Sí, es el ayudante... Está reuniendo la gente y carga... ¡con qué denuedo!... Nuestro es el día.

TENIENTE.   Sí, veo huir a los alemanes.

SOLDADOS.   ¡A ellos!

CAPITÁN.   Firmes, granaderos. (*Mira con el anteojo.*) El ayudante ha recobrado el puesto, la compañía del Rey carga a la bayoneta y lo arrolla todo.

TENIENTE.   A ver, a ver. (*Toma el anteojo y mira.*) Sí, cierto. Y el ayudante se apea del caballo y retira en

---

[86] *o.* Ed. 1835: u.

sus brazos al capitán don Fadrique. No debe de estar
más que herido; se lo llevan hacia Veletri.
TODOS. Dios nos le conserve, que es la flor del ejército.
CAPITÁN. Pero por este lado no va tan bien. Teniente,
vaya usted a reforzar con la mitad de la compañía las
guerrillas que están en esa cañada, que yo voy a acer-
carme a la compañía de Cantabria; vamos, vamos.
SOLDADOS. ¡Viva España! ¡Viva España! ¡Viva Nápoles! (*Marchan.*)

ESCENA VII

El teatro representa el alojamiento de un oficial superior;
al frente estará la puerta de la alcoba, practicable y con
cortinas. Entra Don Álvaro herido y desmayado en una
camilla, llevada por cuatro granaderos. El Cirujano, a
un lado, y Don Carlos, a otro, lleno de polvo y como
muy cansado; un soldado traerá la maleta de don Álvaro
y la pondrá sobre una mesa; colocarán la camilla en medio
de la escena, mientras los granaderos entran en la alcoba
a hacer la cama.

DON CARLOS.   Con mucho, mucho cuidado,
                dejadle aquí, y al momento
                entrad a arreglar mi cama.
                    (*Vanse a la alcoba dos de los solda-*
                    dos y quedan otros dos.)
CIRUJANO.   Y que haya mucho silencio.   1105
DON ÁLVARO.   (*Volviendo en sí.*)
                ¿Dónde estoy? ¿Dónde?
DON CARLOS.   (*Con mucho cariño.*)
                                        En Veletri,
                a mi lado, amigo excelso.
                Nuestra ha sido la victoria.
                Tranquilo estad.
DON ÁLVARO.   ¡Dios eterno!
                Con salvarme de la muerte,   1110
                ¡qué gran daño me habéis hecho!

DON CARLOS.   No digáis tal, don Fadrique,
                cuando tan vano me encuentro
                de que salvaros la vida
                me haya concedido el cielo.   1115
DON ÁLVARO.   ¡Ay, don Félix de Avendaña,
                qué grande mal me habéis hecho!
                   (*Se desmaya.*)
CIRUJANO.   Otra vez se ha desmayado;
                agua y vinagre.
DON CARLOS.   (*A uno de los soldados.*)
                                 Al momento.
                   (*Al cirujano.*)
                ¿Está de mucho peligro?   1120
CIRUJANO.   Este balazo del pecho,
                en donde aún tiene la bala,
                me da muchísimo miedo;
                lo que es las otras heridas
                no presentan tanto riesgo.   1125
DON CARLOS.   (*Con gran vehemencia.*)
                Salvad su vida, salvadle;
                apurad todos los medios
                del arte, y os aseguro
                tal galardón...
CIRUJANO.   Lo agradezco.
                Para cumplir con mi oficio   1130
                no necesito de cebo,
                que en salvar a este valiente
                interés muy grande tengo.
                   (*Entra el soldado con un vaso de
                agua y vinagre. El Cirujano le rocía el
                rostro y le aplica un pomito a las na-
                rices.*)
DON ÁLVARO.   (*Vuelve en sí.*)
                ¡Ay!
DON CARLOS.   Ánimo, noble amigo,
                cobrad ánimo y aliento;   1135
                pronto, muy pronto curado
                y restablecido y bueno

	volveréis a ser la gloria,	
	el norte de los guerreros.	
	Y a vuestras altas hazañas	1140
	el rey dará todo el premio	
	que merece. Sí, muy pronto,	
	lozano otra vez, cubierto	
	de palmas inmarchitables	
	y de laureles eternos,	1145
	con una rica encomienda	
	se adornará vuestro pecho	
	de Santiago o Calatrava. [87]	
DON ÁLVARO.	(*Muy agitado.*)	
	¿Qué escucho, qué? ¡Santo cielo!	
	¡Ah!... no, no de Calatrava:	1150
	[(*Se desmaya.*) [88]	
	jamás, jamás... ¡Dios eterno!	
CIRUJANO.	Ya otra vez se desmayó;	
	sin quietud y sin silencio	
	no habrá forma de curarle; [89]	
	(*A Don Carlos.*)	
	que no le habléis más os ruego.	1155
	(*Vuelve a darle agua y a aplicarle el*	
	pomito a las narices.)	
DON CARLOS.	(*Suspenso, aparte.*)	
	El nombre de Calatrava,	
	¿qué tendrá, qué tendrá, ¡tiemblo!,	
	de terrible a sus oídos?...	
CIRUJANO.	No puede esperar más tiempo;	
	¿aún no está lista la cama?	1160
DON CARLOS.	(*Mirando a la alcoba.*)	
	Ya lo está.	
	(*Salen los dos soldados.*)	

---

[87] *Santiago o Calatrava*: las órdenes militares; la mención de la segunda recuerda a don Álvaro la desgracia ocurrida al final de la primera jornada.

[88] (*Se desmaya.*) Omitida en ed. 1855.

[89] *curarle*. Ed. 1855: curarlo.

CIRUJANO.	(*A los cuatro soldados.*)
	Llevadle luego.
DON ÁLVARO.	(*Volviendo en sí.*)
	¡Ay de mí!
CIRUJANO.	Llevadle.
DON ÁLVARO.	(*Haciendo esfuerzos.*)

                                        Esperen.
Poco, por lo que en mí siento,
me queda ya de este mundo,
y en el otro pensar debo.   1165
Mas antes de desprenderme
de la vida, de un gran peso
quiero descargarme. Amigo,
        (*A Don Carlos.*)
un favor tan sólo anhelo.

CIRUJANO.	Si habláis, señor, no es posible... 1170
DON ÁLVARO.	No volver a hablar prometo.

Pero sola [90] una palabra,
y a él solo, que decir tengo.

DON CARLOS.	(*Al cirujano y soldados.*)

Apartaos; démosle gusto;
dejadnos por un momento.   1175
        (*Se retiran el Cirujano y los asistentes
a un lado.*)

DON ÁLVARO.	Don Félix, vos solo, solo,
	(*Dale la mano.*)

cumpliréis con lo que quiero
de vos exigir. Juradme
por la fe de caballero
que haréis cuanto aquí os encargue
                                        [1180
con inviolable secreto.

DON CARLOS.	Yo os lo juro, amigo mío;

acabad, pues.
        (*Hace un esfuerzo Don Álvaro como
para meter la mano en el bolsillo y no
puede.*)

---

[90] *sola.* Ed. 1855: sólo.

DON ÁLVARO.   ¡Ah..., no puedo!
　　　　　　　Meted en este bolsillo
　　　　　　　que tengo aquí al lado izquierdo,   1185
　　　　　　　sobre el corazón, la mano.
　　　　　　　　　(*Lo hace Don Carlos.*)
　　　　　　　¿Halláis algo en él?
DON CARLOS.   Sí; encuentro
　　　　　　　una llavecita...
DON ÁLVARO.   Es ésa.
　　　　　　　　　(*Saca Don Carlos la llave.*)
　　　　　　　Con ella abrid, yo os lo ruego,
　　　　　　　a solas y sin testigos,   1190
　　　　　　　una caja que en el centro
　　　　　　　hallaréis de mi maleta.
　　　　　　　En ella, con sobre y sello,
　　　　　　　un legajo hay de papeles;
　　　　　　　custodiadlos [91] con esmero,   1195
　　　　　　　y al momento que yo expire
　　　　　　　los daréis, amigo, al fuego.
DON CARLOS.   ¿Sin abrirlos?
DON ÁLVARO.   (*Muy agitado.*)
　　　　　　　　　　Sin abrirlos,
　　　　　　　que en ellos hay un misterio
　　　　　　　impenetrable... ¿Palabra   1200
　　　　　　　me dais, don Félix, de hacerlo?
DON CARLOS.   Yo os la doy con toda el alma.
DON ÁLVARO.   Entonces, tranquilo muero.
　　　　　　　Dadme el postrimer abrazo
　　　　　　　y ¡adiós, adiós!
CIRUJANO.   (*Enfadado.*)
　　　　　　　　　　Al momento   1205
　　　　　　　a la alcoba. Y vos, don Félix,
　　　　　　　si es que tenéis tanto empeño
　　　　　　　en que su vida se salve,
　　　　　　　haced que guarde silencio,

---

[91] *custodiadlos.* Ed. 1855: custodiarlos.

y excusad también que os vea,   1210
pues se conmueve en extremo.
   (*Llévanse los soldados la camilla; en-*
tra también el Cirujano, y Don Carlos
queda pensativo y lloroso.)

ESCENA VIII

DON CARLOS.   ¿Ha de morir —¡qué rigor!—
tan bizarro militar?
Si no le [92] puedo salvar,
será eterno mi dolor,   1215
puesto que él me salvó a mí.
Y desde el momento aquel
que guardó mi vida él,
guardar la suya ofrecí.
   (*Pausa.*)
Nunca vi tanta destreza   1220
en las armas, y jamás
otra persona de más
arrogancia y gentileza.
Pero es hombre singular,
y en el corto tiempo que   1225
le trato, rasgos noté
que son dignos de extrañar.
   (*Pausa.*)
¿Y de Calatrava el nombre
por qué así le horrorizó
cuando pronunciarlo oyó?...   1230
¿Qué hallará en él que le asombre?
¡Sabrá que está deshonrado!...
Será un hidalgo andaluz...
¡Cielos!... ¡Qué rayo de luz
sobre mí habéis derramado   1235
en este momento!... Sí

---

[92] *le.* Ed. 1855: lo.

¿Podrá ser éste el traidor,
de mi sangre deshonor,
el que a buscar vine aquí?
    (*Furioso y empuñando la espada.*)
¿Y aún respira?... No, ahora mismo

[1240

a mis manos...
    (*Corre hacia la alcoba y se detiene.*)
                    ¿Dónde estoy?...
¿Ciego a despeñarme voy
de la infamia en el abismo?
¿A quien mi vida salvó,
y que moribundo está,   1245
matar inerme podrá
un caballero cual yo?
    (*Pausa.*)
¿No puede falsa salir
mi sospecha?... Sí... ¡Quién sabe!
Pero, ¡cielos!, esta llave   1250
todo me lo va a decir.
    (*Se acerca a la maleta, la abre pre-
    cipitado y saca la caja, poniéndola so-
    bre la mesa.*)
Salid caja misteriosa,
del destino urna fatal,
a quien con sudor mortal
toca mi mano medrosa;   1255
me impide abrirte el temblor
que me causa el recelar
que [93] en tu centro voy hallar
los pedazos de mi honor.
    (*Resuelto y abriendo.*)
Mas no, que en ti mi esperanza,   1260
la luz que me da el destino,
está para hallar camino
que me lleve a la venganza.
    (*Abre y saca un legajo sellado.*)

---

[93] *que en.* Ed. 1855: *si en.*

Ya el legajo tengo aquí.
¿Qué tardo el sello en romper?...   1265
   (*Se contiene.*)
¡Oh, cielos! ¿Qué voy a hacer?
¿Y la palabra que di?
Mas si la suerte me da
tan inesperado medio
de dar a mi honor remedio,   1270
el perderlo ¿qué será?
Si a Italia sólo he venido
a buscar al matador
de mi padre y de mi honor,
con nombre y porte fingido,   1275
¿qué importa que el pliego abra,
si lo que vine a buscar
a Italia, voy a encontrar?...
Pero, no; di mi palabra.
Nadie, nadie aquí lo ve...   1280
¡Cielos, lo estoy viendo yo!
Mas si él mi vida salvó,
también la suya salvé. [94]
Y si es el infame indiano
el seductor asesino,   1285
¿no es bueno cualquier camino
por donde venga a mi mano?
Rompo esta cubierta, sí,
pues nadie lo ha de saber...
Mas, ¡cielos!, ¿qué voy a hacer?   1290
¿Y la palabra que di?
   (*Suelta el legajo.*)
No, jamás. ¡Cuán fácilmente
nos pinta nuestra pasión
una infame y vil acción

---

[94] Nótese la calculada ironía de esta situación, que se acentúa
aún más cuando en la esc. I de la jornada IV don Álvaro dice
de don Carlos que es

        el hombre que primero
        dulce amistad me inspiró

como acción indiferente!   1295
A Italia vine anhelando
mi honor manchado lavar.
¿Y mi empresa he [95] de empezar
el honor amancillando?
Queda, ¡oh, secreto!, escondido,   1300
si en este legajo estás,
que un medio infame, jamás
lo usa el hombre bien nacido.
    (*Registrando la maleta.*)
Si encontrar aquí pudiera
algún otro abierto indicio   1305
que, sin hacer perjüicio
a mi opinión, me advirtiera...
    (*Sorprendido.*)
¡Cielos!... Le [96] hay... Esta cajilla,
    (*Saca una cajita como de retrato.*)
que algún retrato contiene.
    (*Reconociéndola.*)
Ni sello ni sobre tiene,   1310
tiene sólo una aldabilla.
Hasta sin ser indiscreto
reconocerla me es dado;
nada de ella me han hablado,
ni rompo ningún secreto.   1315
Ábrola, pues, en buen hora,
aunque un basilisco vea,
aunque para el mundo sea
caja fatal de Pandora. [97]

    (*La abre, y exclama muy agitado*:)
¡Cielos!... No..., no me engañé: 1320
Ésta es mi hermana Leonor...
¿Para qué prueba mayor?...
Con la más clara encontré.

---

[95] *he de*. Ed. 1855: ha de.
[96] *Le hay*. Ed. 1855: Lo hay.
[97] *caja fatal de Pandora*: según la mitología griega, contenía
males y desgracias.

Ya está todo averiguado:
Don Álvaro es el herido.   1325
Brújula el retrato ha sido
que mi norte me ha marcado.
¿Y a la infame... —me atribulo—,
con él en Italia tiene?...
Descubrirlo me conviene   1330
con astucia y disimulo.
¡Cuán feliz será mi suerte
si la venganza y castigo
sólo de un golpe consigo,
a los dos dando la muerte!...   1335
Mas..., ¡ah!..., no me precipite
mi honra, cielos, ofendida.
Guardad a ese hombre la vida
para que yo se la quite.

*(Vuelve a colocar los papeles y el
retrato en la maleta. Se oye ruido, y
queda suspenso.)*

ESCENA IX

El Cirujano, que sale muy contento.

CIRUJANO.   Albricias pediros quiero: 1340
             Ya le he sacado la bala.
             (Se la enseña.)
             Y no es la herida tan mala
             cual me pareció primero.
DON CARLOS.   *(Le abraza fuera de sí.)*
             ¿De veras?... Feliz me hacéis;
             por ver bueno al capitán   1345
             tengo, amigo, más afán
             del que imaginar podéis.

Moda masculina en 1835 en el *Correo de las damas*.

Ángel Saavedra, Duque de Rivas. Grabado por Maura según
el original de Madrazo (1882).

JORNADA CUARTA

La escena es en Veletri

ESCENA PRIMERA

El teatro representa una sala corta, de alojamiento militar.
Don Álvaro y Don Carlos.

DON CARLOS.	Hoy, que vuestra cuarentena [98]	
	dichosamente cumplís,	
	¿de salud cómo os sentís?	1350
	¿Es completamente buena?...	
	¿Reliquia alguna notáis	
	de haber tanto padecido?	
	¿Del todo restablecido	
	y listo y fuerte os halláis?	1355
DON ÁLVARO.	Estoy como si tal cosa;	
	nunca tuve más salud,	
	y a vuestra solicitud	
	debo mi cura asombrosa.	
	Sois excelente enfermero;	1360
	ni una madre por un hijo	
	muestra un afán más prolijo,	

---

[98] cuarentena: el período de convalecencia.

135

tan gran cuidado y esmero.

DON CARLOS.   En extremo interesante
me era la vida salvaros.   1365

DON ÁLVARO.   ¿Y con qué, amigo, pagaros
podré interés semejante?
Y aunque gran mal me habéis hecho
en salvar mi amarga vida,
será eterna y sin medida   1370
la gratitud de mi pecho.

DON CARLOS.   ¿Y estáis tan repuesto y fuerte
que sin ventaja pudiera
un enemigo cualquiera...?

DON ÁLVARO.   Estoy, amigo, de suerte   1375
que en casa del coronel
he estado ya a presentarme,
y de alta acabo de darme
ahora mismo en el cuartel.

DON CARLOS.   ¿De veras?

DON ÁLVARO.   ¿Os enojáis   1380
porque ayer no os dije acaso
que iba hoy a dar este paso?
Como tanto me cuidáis,
que os opusierais temí,
y estando sano, en verdad,   1385
vivir en la ociosidad
no era honroso para mí.

DON CARLOS.   ¿Conque ya no os duele nada,
ni hay asomo de flaqueza
en el pecho, en la cabeza,   1390
ni en el brazo de la espada?

DON ÁLVARO.   No... Pero parece que
algo, amigo, os atormenta
y que acaso os descontenta
el que yo tan bueno esté.   1395

DON CARLOS.   ¡Al contrario!... Al veros bueno,
capaz de entrar en acción,
palpita mi corazón
del placer más alto lleno.
Solamente no quisiera   1400

que os engañara el valor,
y que el personal vigor
en una ocasión cualquiera...

DON ÁLVARO.   ¿Queréis pruebas?

DON CARLOS.   (Con vehemencia.)

                            Las deseo.

DON ÁLVARO.   A la descubierta vamos   1405
de mañana, y enredamos
un rato de tiroteo.

DON CARLOS.   La prueba se puede hacer,
pues que estáis fuerte, sin ir
tan lejos a combatir,   1410
que no hay tiempo que perder.

DON ÁLVARO.   (Confuso.)
No os entiendo...

DON CARLOS.   ¿No tendréis,
sin ir a los imperiales,
enemigos personales
con quien probaros podréis?   1415

DON ÁLVARO.   ¿A quién le faltan?... Mas no
lo que me decís comprendo.

DON CARLOS.   Os lo está a voces diciendo
más la conciencia que yo.
Disimular fuera en vano...   1420
Vuestra turbación es harta...
¿Habéis recibido carta
de don Álvaro el indiano?

DON ÁLVARO.   (Fuera de sí.)
¡Ah, traidor!... ¡Ah, fementido!...
Violaste, infame, un secreto,   1425
que yo débil, yo indiscreto,
moribundo..., inadvertido...

DON CARLOS.   ¿Qué osáis pensar?... Respeté
vuestros papeles sellados,
que los que nacen honrados   1430
se portan cual me porté.
El retrato de la infame
vuestra cómplice os perdió,
y sin lengua me pidió

que el suyo y mi honor reclame.   1435
Don Carlos de Vargas soy,
que por vuestro crimen es
de Calatrava marqués.
Temblad, que ante vos estoy.

DON ÁLVARO.   No sé temblar... Sorprendido,   1440
sí, me tenéis...

DON CARLOS.   No lo extraño.

DON ÁLVARO.   Y usurpar con un engaño
mi amistad, ¿honrado ha sido?
¡Señor marqués!

DON CARLOS.   De esa suerte
no me permito llamar,   1445
que sólo he de titular
después de daros la muerte.

DON ÁLVARO.   Aconteceros pudiera
sin el título morir.

DON CARLOS.   Vamos pronto a combatir,   1450
quedemos o dentro o fuera.
Vamos donde mi furor...

DON ÁLVARO.   Vamos, pues, señor don Carlos,
que si nunca fui a buscarlos,
no evito lances de honor.   1455
Mas esperad, que en el alma
del que goza de hidalguía
no es furia la valentía,
y ésta obra siempre con calma.
Sabéis que busco la muerte,   1460
que los riesgos solicito,
pero con vos necesito
comportarme de otra suerte,
y explicaros...

DON CARLOS.   Es perder
tiempo toda explicación.   1465

DON ÁLVARO.   No os neguéis a la razón,
que suele funesto ser.
Pues trataron las estrellas
por raros modos de hacernos
amigos, ¿a qué oponernos   1470

	a lo que buscaron ellas?
	Si nos quisieron unir
	de mutuos y altos servicios
	con los vínculos propicios,
	no fue, no, para reñir. 1475
	Tal vez fue para enmendar
	la desgracia inevitable
	de que no fui yo culpable.
DON CARLOS.	¿Y me la osáis recordar?
DON ÁLVARO.	¿Teméis que vuestro valor 1480
	se disminuya y se asombre
	si halla en su contrario un hombre
	de nobleza y pundonor?
DON CARLOS.	¡Nobleza un aventurero!
	¡Honor un desconocido! 1485
	¡Sin padre, sin apellido,
	advenedizo, altanero!
DON ÁLVARO.	¡Ay, que ese error a la muerte,
	por más que lo evité yo,
	a vuestro padre arrastró!... 1490
	No corráis la misma suerte.
	Y que infundados agravios
	e insultos no ofenden, muestra
	el que está ociosa mi diestra
	sin arrancaros los labios. 1495
	Si un secreto misterioso [99]
	romper hubiera podido,
	¡oh..., cuán diferente sido...!
DON CARLOS.	Guardadlo; no soy curioso;
	que sólo anhelo venganza 1500
	y sangre.
DON ÁLVARO.	¿Sangre?... La habrá.
DON CARLOS.	Salgamos al campo ya.
DON ÁLVARO.	Salgamos sin más tardanza.
	(Deteniéndose.)

---

[99] Según Pattison, don Álvaro pierde aquí otra oportunidad de revelar su origen.

Mas, don Carlos... ¡Ah! ¿Podréis
sospecharme con razón   1505
de falta de corazón?
No, no, que me conocéis.
Si el orgullo, principal
y tan poderoso agente
en las acciones del ente,   1510
que se dice racional,
satisfecho tengo ahora,
esfuerzos no he de omitir
hasta aplacar conseguir
ese furor que os devora.   1515
Pues mucho repugno yo
el desnudar el acero
con el hombre que primero
dulce amistad me inspiró.
Yo a vuestro padre no herí;   1520
le hirió sólo su destino.
Y yo, a aquel ángel divino
ni seduje ni perdí.
Ambos nos están mirando
desde el cielo; mi inocencia   1525
ven, esa ciega demencia
que os agita condenando.

DON CARLOS.   (*Turbado.*)
Pues qué, ¿mi hermana...? ¿Leonor?
(Que con vos aquí no está
lo tengo aclarado ya.)   1530
Mas, ¿cuándo ha muerto? ¡Oh furor!

DON ÁLVARO.   Aquella noche terrible,
llevándola yo a un convento,
exánime y sin aliento,
se trabó un combate horrible   1535
al salir del olivar
entre mis fieles criados
y los vuestros, irritados,
y no la pude salvar.
Con tres heridas caí,   1540
y un negro, de puro fiel

(fidelidad bien cruel),
veloz me arrancó de allí,
falto de sangre y sentido;
tuve en Gelves [100] larga cura,   1545
con accesos de locura,
y apenas restablecido,
ansioso empecé a indagar
de mi único bien la suerte,
y supe, ¡ay Dios!, que la muerte   1550
en el oscuro olivar...

DON CARLOS.   (Resuelto.)
¡Basta, imprudente impostor!
¿Y os preciáis de caballero?...
¿Con embrollo tan grosero
queréis calmar mi furor?   1555
Deponed tan necio engaño:
después del funesto día,
en Córdoba, con su tía,
mi hermana ha vivido un año.
Dos meses ha que fui yo   1560
a buscarla, y no la hallé,
pero de cierto indagué
que al verme llegar huyó.
Y el perseguirla he dejado,
porque sabiendo yo allí   1565
que vos estabais aquí,
me llamó mayor cuidado.

DON ÁLVARO.   (Muy conmovido.)
¡Don Carlos!... ¡Señor!... ¡Amigo!...
¡Don Félix!... ¡Ah, tolerad
que el nombre que en amistad   1570
tan tierna os unió conmigo
use en esta situación!
Don Félix, soy inocente;
bien lo podéis ver patente
en mi nueva agitación.   1575
¡Don Félix!... ¡Don Félix!... ¡Ah!...

---

[100] *Gelves*: pueblo cerca de Sevilla.

	¿Vive?... ¿Vive?... ¡Oh, justo Dios!	
DON CARLOS.	Vive. ¿Y qué os importa a vos?	
	Muy pronto no vivirá.	
DON ÁLVARO.	Don Félix, mi amigo, sí.	1580

Pues que vive vuestra hermana,
la satisfacción es llana
que debéis tomar de mí.
A buscarla juntos vamos;
muy pronto la encontraremos,   1585
y en santo nudo estrechemos
la amistad que nos juramos.
¡Oh!... Yo os ofrezco, yo os juro
que no os arrepentiréis
cuando a conocer lleguéis   1590
mi origen excelso y puro.
Al primer grande español
no le cedo en jerarquía:
es más alta mi hidalguía
que el trono del mismo sol.   1595

DON CARLOS.   ¿Estáis, don Álvaro, loco?
¿Qué es lo que pensar osáis?
¿Qué proyectos abrigáis?
¿Me tenéis a mí en tan poco?
Ruge entre los dos un mar   1600
de sangre... ¿Yo al matador
de mi padre y de mi honor
pudiera hermano llamar?
¡Oh, afrenta! ¡Aunque fuerais rey!
Ni la infame ha de vivir.   1605
No, tras de vos va a morir,
que es de mi venganza ley.
Si a mí vos no me matáis,
al punto la buscaré,
y la misma espada que   1610
con vuestra sangre tiñáis,
en su corazón...

DON ÁLVARO.   Callad,
callad... ¿Delante de mí
osasteis...?

DON CARLOS.   Lo juro, sí;
          lo juro...
DON ÁLVARO.   ¿El qué?... Continuad.   1615
DON CARLOS.   La muerte de la malvada
          en cuanto acabe con vos.
DON ÁLVARO.   Pues no será, ¡vive Dios!,
          que tengo brazo y espada.
          Vamos... Libertarla anhelo   1620
          de su verdugo. Salid.
DON CARLOS.   A vuestra tumba venid.
DON ÁLVARO.   Demandad perdón al cielo.

ESCENA II

*El teatro representa la plaza principal de Veletri; a un
lado y otro se ven tiendas y cafés; en medio, puestos de
frutas y verduras; al fondo, la guardia del Principal, y el
centinela paseándose delante del armero; los oficiales, en
grupos a una parte y otra, y la gente del pueblo, cruzando
en todas direcciones. El Teniente, el Subteniente y Pedraza se reunirán a un lado de la escena, mientras los Oficiales primero, segundo, tercero y cuarto hablan entre sí,
después de leer un edicto que está fijado en una esquina
y que llama la atención de todos.*

OFICIAL PRIMERO.   El rey Carlos de Nápoles no se chan-
    cea; pena de muerte nada menos.
OFICIAL SEGUNDO.   ¿Cómo pena de muerte?
OFICIAL TERCERO.   Hablamos de la ley que se acaba de
    publicar, y que allí está para que nadie la ignore, sobre
    desafíos.
OFICIAL SEGUNDO.   Ya, ciertamente es un poco dura.
OFICIAL TERCERO.   Yo no sé cómo un rey tan valiente
    y joven puede ser tan severo contra los lances de honor.
OFICIAL PRIMERO.   Amigo, es que cada uno arrima el
    ascua a su sardina, y como siempre los desafíos suelen
    ser entre españoles y napolitanos, y éstos llevan lo peor,
    el rey, que al cabo es rey de Nápoles...

OFICIAL SEGUNDO. No; ésas son fanfarronadas, pues hasta ahora no han llevado siempre lo peor los napolitanos; acordaos del mayor Caraciolo, que espabiló [101] a dos oficiales.

TODOS. Eso fue una casualidad.

OFICIAL PRIMERO. Lo cierto es que la ley es dura: pena de muerte por batirse; pena de muerte por ser padrino, pena de muerte por llevar cartas; qué sé yo. Pues el primero que caiga...

OFICIAL SEGUNDO. No, no es tan rigurosa.

OFICIAL PRIMERO. ¿Cómo no? Vean ustedes. Leamos otra vez. (*Se acercan a leer el edicto y se adelantan en la escena los otros.*)

SUBTENIENTE. ¡Hermoso día!

TENIENTE. Hermosísimo. Pero pica mucho el sol.

PEDRAZA. Buen tiempo para hacer la guerra.

TENIENTE. Mejor es para los heridos convalecientes. Yo me siento hoy enteramente bueno de mi brazo.

SUBTENIENTE. También parece que el valiente capitán de granaderos del Rey está enteramente restablecido. ¡Bien pronto se ha curado!

PEDRAZA. ¿Se ha dado ya de alta?

TENIENTE. Sí; esta mañana. Está como si tal cosa; un poco pálido, pero fuerte. Hace un rato que le [102] encontré; iba como hacia la Alameda a dar un paseo con su amigote el ayudante don Félix de Avendaña.

SUBTENIENTE. Bien puede estarle agradecido, pues, además de haberlo sacado del campo de batalla, le ha salvado la vida con su prolija y esmerada asistencia.

TENIENTE. También puede dar gracias a la habilidad del doctor Pérez, que se ha acreditado de ser el mejor cirujano del ejército.

SUBTENIENTE. Y no lo perderá, pues, según dice, el ayudante, que es muy rico y generoso, le va a hacer un gran regalo.

---

[101] *espabiló.* Ed. 1855: despabiló.
[102] *le.* Ed. 1855: lo.

PEDRAZA. Bien puede, pues, según me ha dicho un sargento de mi compañía, andaluz, el tal don Félix está aquí con nombre supuesto, y es un marqués riquísimo de Sevilla.

TODOS. ¿De veras? (*Se oye ruido y se arremolinan todos, mirando hacia el mismo lado.*)

TENIENTE. ¡Hola! ¿Qué alboroto es aquél?

SUBTENIENTE. Veamos... Sin duda, algún preso. Pero, ¡Dios mío!, ¿qué veo?

PEDRAZA. ¿Qué es aquello?

TENIENTE. ¿Estoy soñando?... ¿No es el capitán de granaderos del Rey el que traen preso?

TODOS. No hay duda, es el valiente don Fadrique. (*Se agrupan todos sobre el primer bastidor de la derecha, por donde sale el Capitán Preboste y cuatro granaderos, y en medio de ellos, preso, sin espada ni sombrero, Don Álvaro; y atravesando la escena, seguidos por la multitud, entran en el cuerpo de guardia, que está al fondo; mientras tanto se desembaraza el teatro. Todos vuelven a la escena, menos Pedraza, que entra en el cuerpo de guardia.*)

TENIENTE. Pero, señor, ¿qué será esto? ¿Preso el militar más valiente, más pundonoroso y [103] más exacto que tiene el ejército?

SUBTENIENTE. Ciertamente, es cosa muy rara.

TENIENTE. Vamos a averiguar...

SUBTENIENTE. Ya viene aquí Pedraza, que sale del cuerpo de guardia, y sabrá algo. Hola, Pedraza, ¿qué ha sido?

PEDRAZA. (*Señalando al edicto, y se reúne más gente a los cuatro oficiales.*) Muy mala causa tiene. Desafío... El primero que quebranta la ley; desafío y muerte.

TODOS. ¡Cómo! ¿Y con quién?

PEDRAZA. ¡Caso extrañísimo! El desafío ha sido con el teniente coronel Avendaña.

TODOS. ¡Imposible!... ¡Con su amigo!

---

[103] *más pundonoroso y.* Ed. 1855 suprime estas palabras.

PEDRAZA.   Muerto le deja de una estocada ahí detrás del
cuartel.

TODOS.   ¡Muerto!

PEDRAZA.   Muerto.

OFICIAL PRIMERO.   Me alegro, que era un botarate.

OFICIAL SEGUNDO.   Un insultante.

TENIENTE.   ¡Pues señores, la ha hecho buena! Mucho
me temo que va a estrenar aquella ley.

TODOS.   ¡Qué horror!

SUBTENIENTE.   Será una atrocidad. Debe haber alguna
excepción a favor de oficial tan valiente y benemérito.

PEDRAZA.   Sí, ¡ya está fresco!

TENIENTE.—El capitán Herreros es, con razón, el ídolo
del ejército. Y yo creo que el general y el coronel y los
jefes todos, tanto españoles como napolitanos, habla-
rán al rey..., y tal vez...

SUBTENIENTE.   El rey Carlos es tan testarudo..., y como
éste es el primer caso que ocurre, el mismo día que se
ha publicado la ley... No hay esperanza. Esta noche
mismo se juntará el Consejo de guerra, y antes de tres
días le arcabucean... Pero ¿sobre qué habrá sido el
lance?

PEDRAZA.   Yo no sé; nada me han dicho. Lo que es el
capitán tiene malas pulgas y su amigote era un poco
caliente de lengua.

OFICIALES PRIMERO Y CUARTO.   Era un charlatán, un
fanfarrón.

SUBTENIENTE.   En el café han entrado algunos oficiales
del regimiento del Rey; sabrán, sin duda, todo el lance.
Vamos a hablar con ellos.

TODOS.   Sí, vamos.

ESCENA III

*El teatro representa el cuarto de un oficial de guardia;
se verá a un lado el tabladillo y el colchón, y en medio
habrá una mesa y sillas de paja. Entran en la escena Don
Álvaro y el Capitán.*

CAPITÁN.   Como la mayor desgracia
                  juzgo, amigo y compañero,   1625
                  el estar hoy de servicio
                  para ser alcaide vuestro.
                  Resignación, don Fadrique;
                  tomad una silla os ruego.
                       (*Se sienta Don Álvaro.*)
                  Y mientras yo esté de guardia   1630
                  no miréis este aposento
                  como prisión... Mas es fuerza,
                  pues orden precisa tengo,
                  que dos centinelas ponga
                  de vista...

DON ÁLVARO.   Yo os agradezco,   1635
                  señor, tal cortesanía.
                  Cumplid, cumplid al momento
                  con lo que os tienen mandado,
                  y las centinelas luego [104]
                  poned... Aunque más seguro   1640
                  que de hombres y armas en medio
                  está el oficial de honor
                  bajo su palabra... ¡Oh, cielos!
                       (*Coloca el capitán dos centinelas; un
                       soldado entra luces, y se sientan el Ca-
                       pitán y Don Álvaro junto a la mesa.*)
                  Y en Veletri, ¿qué se dice?
                  ¿Mil necedades diversas   1645
                  se esparcirán, procurando
                  explicar mi suerte adversa?

CAPITÁN.   En Veletri ciertamente
                  no se habla de otra materia.
                  Y aunque de aquí separarme   1650
                  no puedo, como está llena
                  toda la plaza de gente,
                  que gran interés demuestra
                  por vos, a algunos he hablado...

DON ÁLVARO.   Y bien, ¿qué dicen? ¿Qué piensan?
                                                    [1655

---

[104] *luego*: en seguida.

CAPITÁN.   La amistad íntima todos,
                     que os enlazaba, recuerdan,
                     con don Félix... Y las causas
                     que la hicieron tan estrecha,
                     y todos dicen...

DON ÁLVARO.   Entiendo.   1660
                     Que soy un monstruo, una fiera,
                     que a la obligación más santa
                     he faltado. Que mi ciega
                     furia ha dado muerte a un hombre,
                     a cuyo arrojo y nobleza   1665
                     debí la vida en el campo,
                     y a cuya nimia asistencia
                     y esmero debí mi cura
                     dentro de su casa mesma.
                     Al que como tierno hermano...   1670
                     ¡Como hermano! ¡Suerte horrenda!
                     ¿Como hermano?... ¡Debió serlo!
                     Yace convertido en tierra
                     por no serlo... ¡Y yo respiro!
                     ¿Y aún el suelo me sustenta?...   1675
                     ¡Ay! ¡Ay de mí!
                     (*Se da una palmada en la frente y
                     queda en la mayor agitación.*)

CAPITÁN.   Perdonadme,
                     si son mis noticias necias...

DON ÁLVARO.   Yo le amaba... ¡Ah, cuál me aprieta
                     el corazón una mano
                     de hierro ardiente! La fuerza   1680
                     me falta... ¡Oh, Dios! ¡Qué bizarro,
                     con qué noble gentileza,
                     entre un diluvio de balas
                     se arrojó, viéndome en tierra,
                     a salvarme de la muerte!   1685
                     ¡Con cuánto afán y terneza
                     pasó las noches y días
                     sentado a mi cabecera!
                     (*Pausa.*)

CAPITÁN.   Anuló, sin duda, tales
                        servicios con un agravio.   1690
                        Diz que era un poco altanero,
                        picajoso, temerario,
                        y un hombre cual vos...

DON ÁLVARO.   No, amigo;
                        cuanto de él se diga es falso.
                        Era un digno caballero,   1695
                        de pensamientos muy altos.
                        Retóme con razón harta,
                        y yo también le he matado
                        con razón. Sí, si aún viviera,
                        fuéramos de nuevo al campo,   1700
                        él a procurar mi muerte,
                        yo a esforzarme por matarlo.
                        O él o yo sólo en el mundo,
                        pero imposible en él ambos.

CAPITÁN.   Calmaos, señor don Fadrique; 1705
                        aún no estáis del todo bueno
                        de vuestras nobles heridas,
                        y que os pongáis malo temo.

DON ÁLVARO.   ¿Por qué no quedé en el campo
                        de batalla como bueno?   1710
                        Con honra, acabado hubiera,
                        y ahora, ¡oh Dios!, la muerte anhelo,
                        y la tendré..., pero ¿cómo?
                        En un patíbulo horrendo,
                        por infractor de las leyes,   1715
                        de horror o de burla objeto.

CAPITÁN.   ¿Qué decís?... No hemos llegado,
                        señor, a tan duro extremo;
                        aún puede haber circunstancias
                        que justifiquen el duelo,   1720
                        y entonces...

DON ÁLVARO.   No, no hay ninguna.
                        Soy homicida, soy reo.

CAPITÁN.   Mas, según tengo entendido
                        (ahora de mi regimiento
                        me lo ha dicho el ayudante),   1725

los generales, de acuerdo
con todos los coroneles,
han ido sin perder tiempo
a echarse a los pies del rey,
que es benigno, aunque severo,   1730
para pedirle...

DON ÁLVARO.   (*Conmovido.*)

                    ¿De veras?
Con el alma lo agradezco,
y el interés de los jefes
me honra y me confunde a un tiempo.
Pero ¿por qué han de empeñarse   1735
militares tan excelsos
en que una excepción se haga
a mi favor de un decreto
sabio, de una ley tan justa,
a que yo falté el primero?   1740
Sirva mi pronto castigo
para saludable ejemplo.
¡Muerte es mi destino, muerte,
porque la muerte merezco,
porque es para mí la vida   1745
aborrecible tormento!
Mas, ¡ay de mí, sin ventura!,
¿cuál es la muerte que espero?
La de criminal, sin honra,
¡en un patíbulo! ¡Cielos!   1750

(*Se oye un redoble.*)

ESCENA IV

Los Mismos y el Sargento.

SARGENTO.   Mi capitán...
CAPITÁN.   ¿Qué se ofrece?
SARGENTO.   El mayor...
CAPITÁN.   Voy al momento.

(*Vase.*)

ESCENA V

DON ÁLVARO.   ¡Leonor! ¡Leonor! Si existes, desdicha-
[da,
ioh, qué golpe te espera
cuando la nueva fiera   1755
te llegue adonde vives retirada,
de que la misma mano,
la mano, ¡ay, triste!, mía,
que te privó de padre y de alegría,
acaba de privarte de un hermano!
[1760
No; te ha librado, sí, de un enemigo,
de un verdugo feroz que por castigo
de que diste en tu pecho
acogida a mi amor, verlo deshecho,
y roto, y palpitante,   1765
preparaba anhelante,
y con su brazo mismo,
de su venganza hundirte en el abismo.
¡Respira, sí, respira,
que libre estás de su tremenda ira!
(*Pausa.*)   [1770
¡Ay de mí! Tú vivías,
y yo, lejos de ti, muerte buscaba
y sin remedio las desgracias mías
despechado juzgaba;
mas tú vives, mi cielo,   1775
y aún aguardo un instante de
[consuelo.
¿Y qué espero? ¡Infeliz! De sangre
[un río,
que yo no derramé, serpenteaba
entre los dos; mas ahora el brazo mío
en mar inmenso de tornarlo acaba.
[1780
¡Hora de maldición, aciaga hora

fue aquella en que te vi la vez
                              [primera
en el soberbio templo de Sevilla,
como un ángel bajado de la esfera
en donde el trono del Eterno brilla!
                              [1785
¡Qué porvenir dichoso
vio mi imaginación por un momento,
que huyó tan presuroso
como al soplar de repentino viento
las torres de oro, y montes
                    [argentinos   1790
y colosos y fúlgidos follajes
que forman los celajes
en otoño a los rayos matutinos!
    (*Pausa.*)
¡Mas en qué espacios [105] vago, en qué
                              [regiones
fantásticas! ¿Qué espero?   1795
¡Dentro de breves horas,
lejos de las mundanas afecciones,
vanas y engañadoras,
iré de Dios al tribunal severo!
    (*Pausa.*)
¿Y mis padres?... Mis padres
                    [desdichados   1800
aún yacen encerrados
en la prisión horrenda de un castillo...
Cuando con mis hazañas y proezas
pensaba restaurar su nombre y brillo
y rescatar sus míseras cabezas,   1805
no me espera más suerte
que, como criminal, infame muerte.
    (*Queda sumergido en el despecho.*)

---

[105] *espacios.* Ed. 1855: espacio.

ESCENA VI

Don Álvaro y el Capitán.

CAPITÁN.	¡Hola, amigo y compañero!...
DON ÁLVARO.	¿Vais a darme alguna nueva?
	¿Para cuándo convocado 1810
	está el Consejo de guerra?
CAPITÁN.	Dicen que esta noche misma
	debe reunirse a gran priesa...
	De hierro, de hierro tiene
	el rey Carlos la cabeza. 1815
DON ÁLVARO.	Es un valiente soldado,
	es un gran rey.
CAPITÁN.	Mas pudiera
	no ser tan tenaz y duro,
	pues nadie, nadie le [105] apea
	en diciendo no.
DON ÁLVARO.	En los reyes, 1820
	la debilidad es mengua.
CAPITÁN.	Los jefes y generales
	que hoy en Veletri se encuentran
	han estado en cuerpo a verle
	y a rogarle suspendiera 1825
	la ley en favor de un hombre
	que tantos méritos cuenta...
	Y todo sin fruto. Carlos,
	aún más duro que una peña,
	ha dicho que no, resuelto, 1830
	y que la ley se obedezca,
	mandando que en esta noche
	falle el Consejo de guerra.
	Mas aún quedan esperanzas:
	puede ser que el fallo sea... 1835

---

[105] *le.* Ed. 1855: lo.

DON ÁLVARO.	Según la ley. No hay remedio;
	injusta otra cosa fuera.
CAPITÁN.	Pero ¡qué pena tan dura,
	tan extraña, tan violenta!...
DON ÁLVARO.	La muerte, como cristiano 1840
	la sufriré; no me aterra.
	Dármela Dios no ha querido,
	con honra y con fama eterna,
	en el campo de batalla,
	y me la da con afrenta 1845
	en un patíbulo infame...
	Humilde la aguardo... Venga
CAPITÁN.	No será acaso... Aún veremos...
	Puede que se arme una gresca...
	El ejército os adora... 1850
	Su agitación es extrema,
	y tal vez un alboroto...
DON ÁLVARO.	¡Basta!... ¿Qué decis? ¿Tal piensa
	quien de militar blasona?
	¿El ejército pudiera 1855
	faltar a la disciplina,
	ni yo deber mi cabeza
	a una rebelión?... No, nunca,
	que jamás, jamás suceda
	tal desorden por mi causa. 1860
CAPITÁN.	¡La ley es atroz, horrenda!
DON ÁLVARO.	Yo la tengo por muy justa;
	forzoso remediar era
	un abuso...
	(Se oye un tambor y dos tiros.)
CAPITÁN.	¿Qué?
DON ÁLVARO.	¿Escuchasteis?
CAPITÁN.	El desorden ya comienza. 1865
	(Se oye un gran ruido, tiros, confu-
	sión y cañonazos, que van en aumento
	hasta el fin del acto.)

ESCENA VII

Los Mismos y el Sargento, que entra muy presuroso

SARGENTO.   ¡Los alemanes! ¡Los enemigos están en Veletri! ¡Estamos sorprendidos!

VOCES DENTRO.   ¡A las armas! ¡A las armas! *(Sale el oficial un instante, se aumenta el ruido, y vuelve con la espada desnuda.)*

CAPITÁN.   Don Fadrique, escapad; no puedo guardar ya [107] más vuestra persona; andan los nuestros y los imperiales mezclados por las calles; arde el palacio del rey; hay una confusión espantosa; tomad vuestro partido. ¡Vamos, hijos, a abrirnos paso como valientes o a morir como españoles! *(Vanse el Capitán, los centinelas y el Sargento.)*

ESCENA VIII

DON ÁLVARO.   Denme una espada; volaré a la muerte,
          y si es vivir mi suerte,
          y no la logro en tanto desconcierto,
          yo os hago, eterno Dios, voto
                    [profundo
          de renunciar al mundo   1870
          y de acabar mi vida en un desierto.

---

[107] *guardar ya más.* Ed. 1855: guardar más.

JORNADA QUINTA

La escena es el [108] convento de los Ángeles y sus alrededores.

ESCENA PRIMERA

El teatro representa lo interior del claustro bajo del convento de los Ángeles, que debe ser una galería mezquina, alrededor de un patiecillo con naranjos, adelfas y jazmines. A la izquierda se verá la portería; a la derecha, la escalera. Debe ser decoración corta, para que detrás estén las otras por su orden. Aparecen el Padre Guardián paseándose gravemente por el proscenio y leyendo en su breviario; el Hermano Melitón, sin manto, arremangado, y repartiendo con un cucharón, de un gran caldero, la sopa, al Viejo, al Cojo, al Manco, a la Mujer y al grupo de pobres que estará apiñado en la portería

HERMANO MELITÓN. Vamos, silencio y orden, que no están en ningún figón.

MUJER. Padre, ¡a mí, a mí!

VIEJO. ¿Cuántas raciones quiere, Marica?

COJO. Ya le han dado tres, y no es regular...

---

[108] *es el convento.* Ed. 1855: es en el convento.

HERMANO MELITÓN.   Callen y sean humildes, que me duele la cabeza.

MANCO.   Marica ha tomado tres raciones.

MUJER.   Y aún voy a tomar cuatro, que tengo seis chiquillos.

HERMANO MELITÓN.   ¿Y por qué tiene seis chiquillos?... ¡Sea su alma! [109]

MUJER.   Porque me los ha dado Dios.

HERMANO MELITÓN.   Sí... Dios... Dios... No los tendría si se pasara las noches como yo, rezando el Rosario o dándose disciplina.

PADRE GUARDIÁN.   (Con gravedad.) ¡Hermano Melitón! ¡Hermano Melitón!... ¡Válgame Dios!

HERMANO MELITÓN.   Padre nuestro, si estos desarrapados [110] tienen una fecundidad que asombra...

COJO.   ¡A mí, padre Melitón, que tengo ahí fuera a mi madre baldada!

HERMANO MELITÓN.   ¡Hola!... ¿También ha venido hoy la bruja? Pues no nos falta nada.

PADRE GUARDIÁN.   ¡Hermano Melitón!

MUJER.   ¡Mis cuatro raciones!

MANCO.   ¡A mí antes!

VIEJO.   ¡A mí!

TODOS.   ¡A mí, a mí!...

HERMANO MELITÓN.   Váyanse noramala, y tengan modo... ¿A que les doy con el cucharón?...

PADRE GUARDIÁN.   ¡Caridad, hermano, caridad, que son hijos de Dios!

HERMANO MELITÓN.   (Sofocado.) Tomen, y váyanse...

MUJER.   Cuando nos daba la guiropa [111] el padre Rafael, lo hacía con más modo y con más temor de Dios.

HERMANO MELITÓN.   Pues llamen al padre Rafael..., que no los pudo aguantar ni una semana.

---

[109] ¡Sea su alma! Es decir, ¡Maldita sea su alma!
[110] desarrapados. Ed. 1855: desesperados.
[111] guiropa: guisado.

VIEJO. Hermano, ¿me quiere dar otro poco de bazofia?... [112]

HERMANO MELITÓN. ¡Galopo!... [113] ¿Bazofia llama a la gracia de Dios?...

PADRE GUARDIÁN. Caridad y paciencia, hermano Melitón; harto trabajo tienen los pobrecitos.

HERMANO MELITÓN. Quisiera yo ver a vuestra reverendísima lidiar con ellos un día y otro, y otro.

COJO. El padre Rafael...

HERMANO MELITÓN. No me jeringuen con el padre Rafael... y... tomen las arrebañaduras. *(Les reparte los restos del caldero y lo echa a rodar de una patada.)* ¡Y a comerlo al sol!

MUJER. Si el padre Rafael quisiera bajar a decirle los Evangelios a. mi niño, que tiene sisiones... [114]

HERMANO MELITÓN. Tráigalo mañana, cuando salga a decir misa el padre Rafael.

COJO. Si el padre Rafael quisiera venir a la villa a curar a mi compañero, que se ha caído...

HERMANO MELITÓN. Ahora no es hora de ir a hacer milagros; por la mañanita, por la mañanita, con la fresca.

MANCO. Si el padre Rafael...

HERMANO MELITÓN. *(Fuera de sí.)* ¡Ea, ea, fuera! ¡Al sol! ¡Cómo cunde la semilla de los perdidos! ¡Horrio! ¡Afuera! *(Los va echando con el cucharón y cierra la portería, volviendo luego muy sofocado y cansado adonde está el Padre Guardián.)*

ESCENA II

El Padre Guardián y el Hermano Melitón

HERMANO MELITÓN. No hay paciencia que baste, padre nuestro...

---

[112] *bazofia*: desechos de comida.
[113] *galopo*: pícaro.
[114] *sisiones*: ciciones, fiebres.

PADRE GUARDIÁN. Me parece, hermano Melitón, que no os ha dotado el Señor con gran cantidad de ella. Considere que en dar de comer a los pobres de Dios desempeña un ejercicio de que se honraría un ángel.

HERMANO MELITÓN. Yo quisiera ver a un ángel en mi lugar siquiera tres días... Puede ser que de cada guantada...

PADRE GUARDIÁN. No diga disparates.

HERMANO MELITÓN. Pues si es verdad. Yo lo hago con gusto, [115] eso es otra cosa. Y bendito sea el Señor, que nos da bastante para que nuestras sobras sirvan de sustento a los pobres. Pero es preciso enseñarles los dientes. Viene entre ellos mucho pillo... Los que están tullidos y viejos vengan enhorabuena, y les daré hasta mi ración el día que no tenga mucha hambre; pero jastiales [116] que pueden derribar a puñadas un castillo váyanse a trabajar. Y hay algunos tan insolentes... Hasta llaman bazofia a la gracia de Dios... Lo mismo que restregarme siempre por los hocicos al padre Rafael; toma si nos daba más, daca si tenía mejor modo, torno si era más caritativo, vuelta si no metía tanta prisa. Pues a fe a fe que el bendito padre Rafael a los ocho días se hartó de pobres y de guiropa y se metió en su celda, y aquí quedó el hermano Melitón. Y, por cierto, no sé por qué esta canalla dice que tengo mal genio. Pues el padre Rafael también tiene su piedra en el rollo, [117] y sus prontos, y sus ratos de murria como cada cual.

PADRE GUARDIÁN. Basta, hermano, basta. El padre Rafael no podía, teniendo que cuidar del altar y que asistir al coro, entender en el repartimiento de la limosna, ni éste ha sido nunca encargo de un religioso antiguo, sino incumbencia del portero... ¿Me entiende?... Y, hermano Melitón, tenga más humildad y no se ofenda cuando prefieran al padre Rafael, que es un siervo de Dios a quien todos debemos imitar.

---

[115] *con gusto.* Ed. 1855: con mucho gusto.
[116] *jastiales* (ed. 1835: gastiales): hombrones.
[117] *tiene su piedra en el rollo*: tiene su genio.

HERMANO MELITÓN. Yo no me ofendo de que prefieran al padre Rafael. Lo que digo es que tiene su genio. Y a mí me quiere mucho, padre nuestro, y echamos nuestras manos de conversación. Pero tiene de cuando en cuando unas salidas, y se da unas palmadas en la frente... y habla solo, y hace visajes como si viera algún espíritu.

PADRE GUARDIÁN. Las penitencias, los ayunos...

HERMANO MELITÓN. Tiene cosas muy raras. El otro día estaba cavando en la huerta, y tan pálido y tan desemejado, que le dije por broma: [118] "Padre, parece un mulato", y me echó una mirada, y cerró el puño, y aun lo enarboló de modo que parecía que me iba a tragar. Pero se contuvo, se echó la capucha y desapareció; digo, se marchó de allí a buen paso.

PADRE GUARDIÁN. Ya.

HERMANO MELITÓN. Pues el día que fue a Hornachuelos a auxiliar al alcalde cuando estaba en toda su furia aquella tormenta en que nos cayó la centella sobre el campanario, al verle [119] yo salir sin cuidarse del aguacero ni de los truenos, que hacían temblar estas montañas, le dije por broma que parecía entre los riscos un indio bravo, y me dio un berrido que me aturulló... Y como vino al convento de un modo tan raro, y nadie le [120] viene nunca a ver, ni sabemos dónde nació...

PADRE GUARDIÁN. Hermano, no haga juicios temerarios. Nada tiene de particular eso, ni el modo con que vino a esta casa el padre Rafael es tan raro como dice. El padre limosnero, que venía de Palma, se lo encontró muy mal herido en los encinares de Escalona, [121] junto al camino de Sevilla, víctima, sin duda, de los salteadores, que nunca faltan en semejante sitio, y lo trajo al convento, donde Dios, sin duda, le inspiró la vocación

---

[118] *por broma.* Ed. 1855: en broma.
[119] *verle.* Ed. 1855: verlo.
[120] *le.* Ed 1855: lo.
[121] *Escalona.* Ed. 1835: Escalonia.

de tomar nuestro santo escapulario, como lo verificó en cuanto se vio restablecido, y pronto hará cuatro años. Esto no tiene nada de particular.

HERMANO MELITÓN. Ya, eso sí... Pero, la verdad, siempre que le [122] miro me acuerdo de aquello que vuestra reverendísima nos ha contado muchas veces, y también se nos ha leído en el refectorio, de cuando se hizo fraile de nuestra Orden el demonio, y que estuvo allá en un convento algunos meses. Y se me ocurre si el padre Rafael será alguna cosa así..., pues tiene unos repentes, una fuerza y un mirar de ojos...

PADRE GUARDIÁN. Es cierto, hermano mío; así consta de nuestras crónicas y está consignado en nuestros archivos... Pero, además de que rara vez se repiten tales milagros, entonces el guardián de aquel convento en que ocurrió el prodigio tuvo una revelación que le previno de todo. Y lo que es yo, hermano mío, no he tenido hasta ahora ninguna. Conque tranquilícese y no caiga en la tentación de sospechar del padre Rafael.

HERMANO MELITÓN. Yo nada sospecho.

PADRE GUARDIÁN. Le aseguro que no he tenido revelación.

HERMANO MELITÓN. Ya; pues entonces... Pero tiene muchas rarezas el padre Rafael.

PADRE GUARDIÁN. Los desengaños del mundo, las tribulaciones... Y luego, el retiro con que vive, las continuas penitencias... *(Suena la campanilla de la portería.)* Vaya a ver quién llama.

HERMANO MELITÓN. ¿A que son otra vez los pobres? Pues ya está limpio el caldero... *(Suena otra vez la campanilla.)* No hay más limosna; se acabó por hoy, se acabó... *(Suena otra vez la campanilla.)*

PADRE GUARDIÁN. Abra, hermano, abra la puerta. *(Vase. Abre el lego la portería.)*

---

[122] *le.* Ed. 1855: lo.

ESCENA III

El Hermano Melitón y Don Alfonso, vestido de monte,
que sale embozado

DON ALFONSO.   *(Con muy mal modo y sin des-*
                               bozarse.)
                               De esperar me he puesto cano.
                               ¿Sois vos, por dicha, el portero?
HERMANO MELITÓN.   *(Aparte.)*
                               Tonto es este caballero.
                               (Alto.)
                               Pues que abrí la puerta, es
                                              [llano.   1875
                               Y aunque de portero estoy,
                               no me busque las cosquillas,
                               que padre de campanillas
                               con olor de santo soy.
DON ALFONSO.   ¿El padre Rafael está?   1880
                               Tengo que verme con él.
HERMANO MELITÓN.   *(Aparte.)*
                               ¡Otro padre Rafael!
                               Amostazándome va.
DON ALFONSO.   Responda pronto.
HERMANO MELITÓN.   *(Con miedo.)*
                                              Al momento.
                               Padres Rafaeles... hay dos.   1885
                               ¿Con cuál queréis hablar vos?
DON ALFONSO.   *(Muy enfadado.)*
                               Para mí, más que haya ciento.
                               El padre Rafael...
HERMANO MELITÓN.   ¿El gordo?
                               ¿El natural de Porcuna?
                               No os oirá cosa ninguna,   1890
                               que es como una tapia sordo,
                               y desde el pasado invierno
                               en la cama está tullido;
                               noventa años ha cumplido.

	El otro es...
DON ALFONSO.	El del infierno. 1895
HERMANO MELITÓN.	Pues ahora caigo en quién es:

el alto, adusto, moreno,
ojos vivos, rostro lleno...

DON ALFONSO.   Llevadme a su celda, pues.
HERMANO MELITÓN.   Daréle aviso primero,   1900
porque si está en oración,
disturbarle no es razón...
Y... ¿quién diré...?

DON ALFONSO.   Un caballero.
HERMANO MELITÓN.   *(Yéndose hacia la escalera muy*
lentamente, dice aparte.)
¡Caramba!... ¡Qué raro gesto!
Me da malísima espina   1905
y me huele a chamusquina...

DON ALFONSO.   *(Muy irritado.)*
¿Qué aguarda? Subamos presto.
(El Hermano se asusta y sube la
escalera y, detrás de él, Don Al-
fonso.)

ESCENA IV

El teatro representa la celda de un franciscano. Una tari-
ma con una estera a un lado; un vasar con una jarra y
vasos; un estante con libros, estampas, disciplinas y cili-
cios colgados. Una especie de oratorio pobre, y en su mesa,
una calavera. Don Álvaro, vestido de fraile franciscano,
aparece de rodillas en profunda oración mental

Don Álvaro y el Hermano Melitón
HERMANO MELITÓN.   *(Dentro.)*
¡Padre! ¡Padre!
DON ÁLVARO.   *(Levantándose.)*
                              ¿Qué se ofrece?
Entre, hermano Melitón.

HERMANO MELITÓN.   Padre, aquí os busca un
                                         [matón   1910
                                 (Entra.)
                     que muy ternejal parece.
DON ÁLVARO.   *(Receloso.)*
                     ¿Quién, hermano? ¿A mí?... ¿Su
                                         [nombre?...
HERMANO MELITÓN.   Lo ignoro; muy altanero
                     dice que es un caballero,
                     y me parece un mal hombre.   1915
                     Él, muy bien portado viene,
                     y en un andaluz rocín;
                     pero un genio muy rüin
                     y un tono muy duro tiene.
DON ÁLVARO.   Entre al momento quien sea.   1920
HERMANO MELITÓN.   No es un pecador contrito.
                         (Aparte.)
                     Se quedará tamañito
                     al instante que lo vea.
                         (Vase.)

                     ESCENA V

DON ÁLVARO.   ¿Quién podrá ser?... No lo acierto.
                     Nadie, en estos cuatro años   1925
                     que, huyendo de los engaños
                     del mundo, habito el desierto,
                     con este sayal cubierto,
                     ha mi quietud turbado.
                     ¿Y hoy un caballero osado   1930
                     a mi celda se aproxima?
                     ¿Me traerá nuevas de Lima?
                     ¡Santo Dios!... ¡Qué he recordado!

ESCENA VI

*Don Álvaro y Don Alfonso, que entra sin desembozarse,
reconoce en un momento la celda, y luego cierra la puerta
por dentro y echa el pestillo*

DON ALFONSO.   ¿Me conocéis?
DON ÁLVARO   No, señor.
DON ALFONSO.   ¿No encontráis en mi semblante [123]

[1935
                rasgo alguno que os recuerde
                de otro tiempo y de otros males?
                ¿No palpita vuestro pecho,
                no se hiela vuestra sangre,
                no se anonada y confunde   1940
                vuestro corazón cobarde
                con mi presencia?... O, por dicha,
                ¿es tan sincero, es tan grande,
                tal vuestro arrepentimiento,
                que ya no se acuerda el padre   1945
                Rafael de aquel indiano
                don Álvaro, del constante
                azote de una familia
                que tanto en el mundo vale?
                ¿Tembláis y bajáis los ojos?   1950
                Alzadlos, pues, y miradme.
                    (Descubriéndose el rostro y mos-
                    trándoselo.)
DON ÁLVARO.   ¡Oh Dios! ¡Qué veo!... ¡Dios mío!
                ¿Pueden mis ojos burlarme?
                ¡Del marqués de Calatrava
                viendo estoy la viva imagen!   1955
DON ALFONSO.   ¡Basta, que está dicho todo!

---

[123] *¿No encontráis en mi semblante.* Ed. 1855: ¿No veis en
mis ademanes. [Está embozado y no se le puede ver el semblante.]

De mi hermano y de mi padre
me está pidiendo venganza
en altas voces la sangre.
Cinco años ha que recorro   1960
con dilatados viajes
el mundo para buscaros,
y aunque ha sido todo en balde,
el cielo (que nunca impunes
deja las atrocidades   1965
de un monstruo, de un asesino,
de un seductor, de un infame),
por un imprevisto acaso
quiso por fin indicarme
el asilo donde a salvo   1970
de mi furor os juzgaste.
Fuera el mataros inerme
indigno de mi linaje.
Fuisteis [124] valiente; robusto
aún estáis para un combate;   1975
armas no tenéis, lo veo;
yo dos espadas iguales
traigo conmigo: son éstas.
        (Se desemboza y saca dos espadas.)
Elegid la que os agrade.

DON ÁLVARO.   *(Con gran calma, pero sin orgullo.)*
Entiendo, joven, entiendo,   1980
sin que escucharos me pasme,
porque he vivido en el mundo
y apurado sus afanes.
De los vanos pensamientos
que en este mundo en vos arden   1985
también el juguete he sido;
quiera el Señor perdonarme.
Víctima de mis pasiones,
conozco todo el alcance
de su influjo, y compadezco   1990
al mortal a quien combaten.

---

[124] *Fuisteis.* Ed. 1855: fuiste.

Mas ya sus borrascas miro,
como el náufrago que sale
por un milagro a la orilla,
y jamás torna a embarcarse.   1995
Este sayal que me viste,
esta celda miserable,
este yermo, donde [125] acaso
Dios por vuestro bien os trae,
desengaños os presentan,   2000
para calmaros bastantes;
y más os responden mudos
que pueden labios mortales.
Aquí de mis muchas culpas,
que son, ¡ay de mí!, harto grandes,
[2005
pido a Dios misericordia;
que la consiga dejadme.

DON ALFONSO.   ¿Dejaros?... ¿Quién? ¿Yo dejaros
sin ver vuestra sangre impura
vertida por esta espada   2010
que arde en mis manos desnuda?
Puesta esta celda, el desierto,
ese sayo, esa capucha,
ni a un vil hipócrita guardan
ni a un cobarde infame escudan. 2015

DON ÁLVARO.   (Furioso.)
¿Qué decís?... ¡Ah!...
(Reportándose.)
                                    ¡No, Dios mío!
En la garganta se anuda
mi lengua... ¡Señor..., esfuerzo
me dé vuestra santa ayuda!
(Repuesto.)
Los insultos y amenazas   2020
que vuestros labios pronuncian
no tienen para conmigo
poder ni fuerza ninguna.

---

[125] *donde.* Ed. 1855: adonde.

Antes, como caballero,
supe vengar las injurias;   2025
hoy, humilde religioso,
darles perdón y disculpa.
Pues veis cuál es ya mi estado,
y, si sois sagaz, la lucha
que conmigo estoy sufriendo,   2030
templad vuestra saña injusta.
Respetad este vestido,
compadeced mis angustias
y perdonad generoso
ofensas que están en duda.   2035
        (*Con gran conmoción.*)
¡Sí, hermano, hermano!

DON ALFONSO.   ¿Qué nombre
osáis pronunciar?

DON ÁLVARO.   ¡Ah!...

DON ALFONSO.   Una
sola hermana me dejasteis
perdida y sin honra... ¡Oh, furia!

DON ÁLVARO.   ¡Mi Leonor! ¡Ah! No sin honra: 2040
un religioso os lo jura.
        (*En delirio.*)
Leonor..., ¡ay!, la que absorbía
toda mi existencia junta;
la que en mi pecho por siempre...
Por siempre, sí, sí... que aún dura
                                                    [2045
una pasión... Y qué, ¿vive?
¿Sabéis vos noticias suyas?...
Decid que me ama, y matadme.
Decidme... ¡Oh Dios! ¿Me rehúsa
        (*Aterrado.*)
vuestra gracia sus auxilios?   2050
¿De nuevo el triunfo asegura
el infierno, y se desploma
mi alma en su sima profunda?
¡Misericordia!... Y vos, hombre
o ilusión, ¿sois, por ventura,   2055

un tentador que renueva
mis criminales angustias
para perderme?... ¡Dios mío!

DON ALFONSO.   (*Resuelto.*)
De estas dos espadas, una
tomad, don Álvaro, luego;   2060
tomad, que en vano procura
vuestra infame cobardía
darle treguas a mi furia.
Tomad...

DON ÁLVARO.   (*Retirándose.*)
                No, que aún fortaleza
para resistir la lucha   2065
de las mundanas pasiones
me da Dios con bondad suma.
¡Ah! Si mis remordimientos,
mis lágrimas, mis confusas
palabras no son bastante   2070
para aplacaros; si escucha
mi arrepentimiento humilde
sin caridad vuestra furia,
        (*Arrodíllase.*)
prosternado a vuestras plantas
vedme, cual persona alguna   2075
jamás me vio...

DON ALFONSO.   (*Con desprecio.*)
                Un caballero
no hace tal infamia nunca.
Quién sois bien claro publica
vuestra actitud, y la inmunda
mancha que hay en vuestro escudo,
                [2080

DON ÁLVARO.   (*Levantándose con furor.*)
¿Mancha?... ¿Y cuál?... ¿Cuál?...

DON ALFONSO.   ¿Os asusta?

DON ÁLVARO.   ¡Mi escudo es como el sol limpio,
como el sol!

DON ALFONSO.   ¿Y no lo anubla
ningún cuartel de mulato,

	de sangre mezclada, impura? 2085
DON ÁLVARO.	(*Fuera de sí.*)
	¡Vos mentís, mentís, infame!
	Venga el acero; mi furia
	(*Toma* [126] *el pomo de una de las espadas.*)
	os arrancará la lengua
	que mi clara estirpe insulta.
	Vamos.
DON ALFONSO.	Vamos.
DON ÁLVARO.	(*Reportándose.*)
	No..., no triunfa
	[2090
	tampoco con esta industria
	de mi constancia el infierno.
	Retiraos, señor.
DON ALFONSO.	(*Furioso.*)
	¿Te burlas
	de mí, inicuo? Pues cobarde
	combatir conmigo excusas, 2095
	no excusarás mi venganza.
	Me basta la afrenta tuya.
	Toma.
	(*Le da una bofetada.*)
DON ÁLVARO.	(*Furioso y recobrando toda su energía.*)
	¿Qué hiciste?... ¡Insensato!
	Ya tu sentencia es segura:
	¡Hora es de muerte, de muerte! 2100
	¡El infierno me confunda! [127]

ESCENA VII

El teatro representa el mismo claustro bajo que en las primeras escenas de esta jornada. El Hermano Melitón

---

[126] *Toma.* Ed. 1855: Toca.
[127] Ed. 1855 añade la acotación: (Salen ambos precipitados.)

saldrá por un lado y como bajando la escalera; Don Ál-
varo y Don Alfonso, embozado en su capa, con gran pre-
cipitación.

HERMANO MELITÓN.   (*Saliéndoles* [128] *al paso.*) ¿Adónde
bueno?

DON ÁLVARO.   (*Con voz terrible.*) ¡Abra la puerta!

HERMANO MELITÓN.   La tarde está tempestuosa; va a
llover a mares.

DON ÁLVARO.   Abra la puerta.

HERMANO MELITÓN.   (*Yendo hacia la puerta.*) ¡Jesús!
Hoy estamos de marea alta. Ya voy… ¿Quiere que le
acompañe? ¿Hay algún enfermo de peligro en el cor-
tijo?…

DON ÁLVARO.   La puerta, pronto.

HERMANO MELITÓN.   (*Abriendo la puerta.*) ¿Va el padre
a Hornachuelos?

DON ÁLVARO.   (*Saliendo con Don Alfonso.*) ¡Voy al infierno! (*Queda el Hermano Melitón asustado.*)

ESCENA VIII

HERMANO MELITÓN.   ¡Al infierno!… ¡Buen vïaje!
También que era del infierno
dijo, para mi gobierno,
aquel nuevo personaje.   2105
¡Jesús, y qué caras tan…!
Me temo que mis sospechas
han de quedar satisfechas.
Voy a ver por dónde van.
                (*Se acerca a la portería y dice,
                como admirado.*)
¡Mi gran padre San Francisco 2110
me valga!… Van por la sierra,
sin tocar con el pie en tierra,
saltando de risco en risco.

---

[128] *saliéndoles.* Ed. 1855: saliéndole.

Y el jaco los sigue en pos
como un perrillo faldero.   2115
Calla..., hacia el despeñadero
de la ermita van los dos.
    (*Asomándose a la puerta con
gran afán; a voces.*)
¡Hola!..., ¡hermanos!..., ¡hola!...
                              [¡Digo!
No lleguen al paredón,
miren que hay excomunión,   2120
que Dios les va a dar castigo.
    (*Vuelve a la escena.*)
No me oyen; vano es gritar.
Demonios son, es patente.
Con el santo penitente
sin duda van a cargar.   2125
¡El padre, el padre Rafael!...
Si quien piensa mal, acierta.
Atrancaré bien la puerta...,
pues tengo un miedo cruel.
    (*Cierra la puerta.*)
Un olorcillo han dejado   2130
de azufre... Voy a tocar
las campanas.
    (*Vase por un lado, y luego vuel-
ve por otro como con gran miedo.*)
                    Avisar
será mejor al prelado.
Sepa que en esta ocasión,
aunque refunfuñe luego,   2135
no el padre guardián, el lego
tuvo la revelación.
    (*Vase.*)

ESCENA IX

*El teatro representa un valle rodeado de riscos inaccesi-
bles y de malezas, atravesado por un arroyuelo. Sobre un*

peñasco accesible con dificultad, y colocado al fondo, habrá una medio gruta, medio ermita, con puerta practicable, y una campana que pueda sonar y tocarse desde dentro; el cielo representará el ponerse el sol de un día borrascoso, se irá oscureciendo lentamente la escena y aumentándose los truenos y relámpagos. Don Álvaro y Don Alfonso salen por un lado.

DON ALFONSO.	De aquí no hemos de pasar.
DON ÁLVARO.	No, que tras de estos tapiales

bien, sin ser vistos, podemos   2140
terminar nuestro combate.
Y aunque en hollar este sitio
cometo un crimen muy grande,
hoy es de crímenes día,
y todos han de apurarse.   2145
De uno de los dos la tumba
se está abriendo en este instante.

DON ALFONSO.   Pues no perdamos más tiempo,
y que las espadas hablen.

DON ÁLVARO.   Vamos; mas antes es fuerza   2150
que un gran secreto os declare,
pues que de uno de nosotros
es la muerte irrevocable,
y si yo caigo es forzoso
que sepáis en este trance   2155
a quién habéis dado muerte,
que puede ser importante.

DON ALFONSO.   Vuestro secreto no ignoro,
y era el mejor de mis planes,
para la sed de venganza   2160
saciar que en mis venas arde,
después de heriros de muerte
daros noticias tan grandes,
tan impensadas y alegres,
de tan feliz desenlace,   2165
que al despecho de saberlas
de la tumba en los umbrales,
cuando no hubiese remedio,

	cuando todo fuera en balde,	
	el fin espantoso os diera	2170
	digno de vuestras maldades.	
DON ÁLVARO.	Hombre, fantasma o demonio,	
	que ha tomado humana carne	
	para hundirme en los infiernos,	
	para perderme..., ¿qué sabes?...	2175
DON ALFONSO.	Corrí el Nuevo Mundo... ¿Tiemblas?	
	Vengo de Lima... Esto baste.	
DON ÁLVARO.	No basta, que es imposible	
	que saber quién soy lograses.	
DON ALFONSO.	De aquel virrey fementido	2180
	que (pensando aprovecharse	
	de los trastornos y guerras,	
	de los disturbios y males	
	que la sucesión al trono	
	trajo a España), [129] formó planes	2185
	de tornar su virreinato	
	en imperio, y coronarse,	
	casando con la heredera	
	última de aquel linaje	
	de los Incas (que en lo antiguo,	2190
	del mar del Sur a los Andes	
	fueron los emperadores),	
	eres hijo. De tu padre	
	las traiciones descubiertas	
	aún a tiempo de evitarse,	2195
	con su esposa, en cuyo seno	
	eras tú ya peso grave,	
	huyó a los montes, alzando	
	entre los indios salvajes	
	de traición y rebeldía	2200
	el sacrílego estandarte.	

[129] Se trata de la guerra de sucesión al trono de España (1700-1714) que terminó con el reconocimiento del rey Felipe V. Ya que la batalla de Veletri tuvo lugar en 1744 y han pasado desde entonces cuatro años (véase la esc. III), don Álvaro tendría en la jornada quinta unos treinta y cinco años.

No les [130] ayudó Fortuna,
pues los condujo a la cárcel
de Lima, do tú naciste...
   (*Hace extremos de indignación y
sorpresa Don Álvaro.*)
Oye..., espera hasta que acabe.   2205
El triunfo del rey Felipe
y su clemencia notable
suspendieron la cuchilla
que ya amagaba a tus padres,
y en una prisión perpetua   2210
convirtió el suplicio infame.
Tú entre los indios creciste,
como fiera te educaste,
y viniste ya mancebo
con oro y con favor grande,   2215
a buscar completo indulto
para tus traidores padres.
Mas no, que viniste sólo
para asesinar cobarde,
para seducir inicuo   2220
y para que yo te mate.

DON ÁLVARO.   (*Despechado.*)
Vamos a probarlo al punto.

DON ALFONSO.   Ahora tienes que escucharme,
que has de apurar, ¡vive el cielo!,
hasta las heces el cáliz.   2225
Y si, por ser mi destino,
consiguieses el matarme,
quiero allá en tu aleve pecho
todo un infierno dejarte.
El rey, benéfico, acaba   2230
de perdonar a tus padres.
Ya están libres y repuestos
en honras y en [131] dignidades.

---

[130] *les.* Ed. 1855: los.
[131] *y en dignidades.* Ed. 1855: y dignidades.

La gracia alcanzó tu tío,
que goza favor notable,   2235
y andan todos tus parientes
afanados por buscarte
para que tenga heredero...

DON ÁLVARO.   (*Muy turbado y fuera de sí.*)
Ya me habéis dicho bastante...
No sé dónde estoy, ¡oh cielos!..., 2240
si es cierto, si son verdades
las noticias que dijisteis...,
(*Entristecido y confuso.*)
¡todo puede repararse!
Si Leonor existe, todo.
¿Veis lo ilustre de mi sangre?... 2245
¿Veis?...

DON ALFONSO.   Con sumo gozo veo
que estáis ciego y delirante.
¿Qué es reparación?... Del mundo
amor, gloria, dignidades,
no son para vos... Los votos   2250
religiosos e inmutables
que os ligan a este desierto,
esa capucha, ese traje,
capucha y traje que encubren
a un desertor que al infame   2255
suplicio escapó en Italia,
de todo incapaz os hacen.
Oye cuál truena indignado
(*Truena.*)
contra ti el cielo... Esta tarde
completísimo es mi triunfo.   2260
Un sol hermoso y radiante
te he descubierto, y de un soplo
luego he sabido apagarle.

DON ÁLVARO.   (*Volviendo al furor.*)
¿Eres monstruo del infierno,
prodigio de atrocidades?   2265

DON ALFONSO. Soy un hombre rencoroso
que tomar venganza sabe.

Y porque sea más completa,
te digo que no te jactes
de noble... Eres un mestizo, [132]   2270
fruto de traiciones...

DON ÁLVARO.   (*En el extremo de la desesperación.*)
                                   Baste.
¡Muerte y exterminio! ¡Muerte
para los dos! Yo matarme
sabré, en teniendo el consuelo
de beber tu inicua sangre.   2275
        (*Toma la espada, combaten, y cae
        herido Don Alfonso.*)

DON ALFONSO.   Ya lo conseguiste... ¡Dios mío! ¡Confesión! Soy cristiano... Perdonadme..., salva mi alma...

DON ÁLVARO.   (*Suelta la espada y queda como petrificado.*) ¡Cielos!... ¡Dios mío! ¡Santa Madre de los Ángeles!... ¡Mis manos tintas en sangre..., en sangre de Vargas!...

DON ALFONSO.   ¡Confesión! ¡Confesión!... Conozco mi crimen y me arrepiento... Salvad mi alma, vos que sois ministro del Señor...

DON ÁLVARO.   (*Aterrado.*) ¡No, yo no soy más que un réprobo, presa infeliz del demonio! Mis palabras sacrílegas aumentarían vuestra condenación. Estoy manchado de sangre, estoy irregular... [133] Pedid a Dios misericordia... Y..., esperad..., cerca vive un santo penitente..., podrá absolveros... Pero está prohibido acercarse a su mansión... ¿Qué importa? Yo, que he roto todos los vínculos, que he hollado todas las obligaciones...

DON ALFONSO.   ¡Ah! ¡Por caridad, por caridad!...

DON ÁLVARO.   Sí, voy a llamarlo... al punto...

DON ALFONSO.   Apresuraos, padre... ¡Dios mío! (*Don Álvaro corre a la ermita y golpea la puerta.*)

---

[132] *Eres un mestizo.* Según Pattison y Alborg es la clave de todo el drama. Casalduero, en cambio, escribe (Estudios. p. 227): "a Rivas no le interesaba la caracterización física de mestizo". Véase la Introducción.

[133] *irregular*: incapacitado por causa de delito.

DOÑA LEONOR. (*Dentro.*) ¿Quién se atreve a llamar a esta puerta? Respetad este asilo.

DON ÁLVARO. Hermano, es necesario salvar un alma, socorrer a un moribundo; venid a darle el auxilio espiritual.

DOÑA LEONOR. (*Dentro.*) Imposible, no puedo; retiraos.

DON ÁLVARO. Hermano, por el amor de Dios.

DOÑA LEONOR. (*Dentro.*) No, no; retiraos.

DON ÁLVARO. Es indispensable; vamos. (*Golpea fuertemente la puerta.*)

DOÑA LEONOR. (*Dentro, tocando la campanilla.*) ¡Socorro! ¡Socorro! (*Ábrese la puerta.*) [134]

ESCENA X

Los mismos y Doña Leonor vestida con un saco y esparcidos los cabellos, pálida y desfigurada, aparece a la puerta de la gruta, y se oyen [135] repicar a lo lejos las campanas del convento.

DOÑA LEONOR. Huid, temerario; temed la ira del cielo.

DON ÁLVARO. (*Retrocediendo horrorizado por la montaña abajo.*) ¡Una mujer!... ¡Cielos!... ¡Qué acento! ¡Es un espectro!... ¡Imagen adorada!... ¡Leonor! ¡Leonor!

DON ALFONSO. (*Como queriéndose incorporar.*) ¡Leonor! ¿Qué escucho? ¡Mi hermana!...

DOÑA LEONOR. (*Corriendo detrás de Don Álvaro.*) ¡Dios mío! ¿Es don Álvaro?... Conozco su voz... Él es... ¡Don Álvaro!

DON ALFONSO. ¡Oh furia!... Ella es... ¡Estaba aquí con su seductor!... ¡Hipócritas!... ¡Leonor!

DOÑA LEONOR. ¡Cielos! ¡Otra voz conocida!... Mas ¿qué veo? (*Se precipita hacia donde ve a Don Alfonso.*)

DON ALFONSO. ¡Ves al último de tu infeliz familia!

---

[134] (*Ábrese la puerta.*) Ed. 1855 suprime esta acotación.
[135] *se oyen.* Ed. 1855: se oye.

DOÑA LEONOR. (*Precipitándose en los brazos de su hermano.*) ¡Hermano mío!... ¡Alfonso!

DON ALFONSO. (*Hace un esfuerzo, saca un puñal y hiere de muerte a Leonor.*) ¡Toma, causa de tantos desastres, recibe el premio de tu deshonra!... Muero vengado. (*Muere.*)

DON ÁLVARO. ¡Desdichado!... ¿Qué hiciste?... ¡Leonor! ¿Eras tú?... ¿Tan cerca de mí estabas?... ¡Ay! (*Sin osar acercarse a los cadáveres.*) Aún respira..., aún palpita aquel corazón todo mío... Ángel de mi vida..., vive, vive; yo te adoro... ¡Te hallé, por fin..., sí, te hallé... muerta! (*Queda inmóvil.*)

ESCENA ÚLTIMA

Hay un rato de silencio; los truenos resuenan más fuertes que nunca, crecen los relámpagos y se oye cantar a lo lejos el Miserere *a la comunidad, que se acerca lentamente.*

VOZ DENTRO. ¡Aquí, aquí! ¡Qué horror! (*Don Álvaro vuelve en sí y luego huye hacia la montaña. Sale el Padre Guardián con la comunidad, que queda asombrada.*)

PADRE GUARDIÁN. ¡Dios mío!... ¡Sangre derramada!... ¡Cadáveres!... ¡La mujer penitente!

TODOS LOS FRAILES. ¡Una mujer!... ¡Cielos!

PADRE GUARDIÁN. ¡Padre Rafael!

DON ÁLVARO. (*Desde un risco, con sonrisa diabólica, todo convulso, dice.*) Busca, imbécil, al padre Rafael... Yo soy un enviado del infierno, soy el demonio exterminador... Huid, miserables.

TODOS. ¡Jesús! ¡Jesús!

DON ÁLVARO. ¡Infierno, abre tu boca y trágame! ¡Húndase el cielo, perezca la raza humana; exterminio, destrucción...! (*Sube a lo más alto del monte y se precipita.*)

EL PADRE GUARDIÁN Y LOS FRAILES. (*Aterrados y en actitudes diversas.*) ¡Misericordia, Señor! ¡Misericordia!

ÍNDICE DE LÁMINAS

ESTE LIBRO
SE TERMINÓ DE IMPRIMIR
EL DÍA 6 DE SEPTIEMBRE DE 1993

ÚLTIMOS TÍTULOS PUBLICADOS